隨想集

郭鴻韻

一些踩踏在虛空中的足跡

作者序

今日，漫行於山中的祕徑，楓葉燦美，猶紅於二月的鮮花，浮雲遊步於虛空，看似有心其實無心，枝梢的枯葉顫抖著，它還在留戀什麼呢？隨著一聲輕嘆，它不再掙扎了，墜地，無聲。

人們說生命是一條有所指向的單行道，若果然如此，在這條人生的路上我已走過了第七個十年（2013-2022），這是一段悲歡離合的歲月、最為跌宕起伏的十年，在這十年歲月中，我終究接受了自己，活出了真正的自己！作為一位自由的思想者、海闊天空的織夢者，豈不是我自少年時期一直懷抱的理想嗎？

回顧既往的十年，我捕捉自己的思緒，唉，思緒，多麼美，猶如稚子的童言、畫家的素描、音樂家的即興曲、夢者的囈語、劃過天空轉瞬即逝的星流……，我轉化思緒為具體的文字與圖象，留下了一些雜踏的足跡。

於是我化身為一隻園丁鳥，飛上枝梢，噠噠噠噠地唱著歌，招引心靈相契的同伴；我把思緒扔進大海，作為餌，冀望誘來一兩尾相知相識繼而相忘的魚兒；或者是：一艘迷航的星艦在地球墜毀了，身為艦長的我一次又一次地發出訊息，召喚著散落各處的隊員們歸隊，以繼續下一站的星際旅程。

阿根廷詩人波赫士，一位博通之士，他自費出版了自己的第一本書，只印了二百部，數月之後賣出了 47 部（他招來了 47 隻鳥兒、47 尾魚兒、47 位失落的星艦隊員），他心狂喜！他想一一去拜訪這 47位 讀者，與之深談。

而我呢？敞開著門，門前冷落車馬稀，偶而飛來了一兩隻鳥，游來了兩三尾魚，收到了幾聲微弱的回音，然而更多的是訕笑與奚落。

　　懊喪嗎？當然！寂寞嗎？是的！但我的熱情終究未曾熄滅，我又再次奮翼，飛上高樹的枝梢，熱烈地、噠噠噠噠地唱起歌來，這是一首全新的曲調，我的歌唱既沒有目的，也無所企圖，只是因為我活著，全然地活著，我感受到生命的喜悅。

　　　　　　　　　　　　　　　　2022 年 12 月 31 日，週六

目 次

隨 想 集

2013 年

1 月 31 日，週四

根據齊克果（S. A. Kierkegaard, 1813-1855），人可被分為三種層次——

感性的：或稱享樂主義，享樂於飲食、玩樂等感官的生命體驗，現今世界大部份的人屬之。（觀書店暢銷排行與網路熱門網站可知一般）

理性的：重視並承擔人生的責任，兢兢業業於家庭、職場與國家。（此種人漸次減少中）

宗教的：追求審美的、人生最高價值的、生命終極真理的人屬之。（表面上這種人愈來愈多了，但深究之實則很少。）

齊克果是虔誠的基督徒、基督教神學家、存在哲學之父，四十二歲臨終時拒絕教會的儀式，他或許是想直接面對上帝吧？

2 月 28 日，週四

天主教教皇本篤十六世於今天退位了，他是數百年來唯一於在位時辭職的教皇，那麼上一位辭職的教皇又是誰呢？

我隨著但丁（Dante Alighieri, 1265-1321）的腳步進入第一層地獄"林薄地獄"（Linbo），意為"懸空地獄"，它介於天堂與地獄之間，公元前的詩人、哲人與學者居於此處，但丁指給我看其中的一位，他在人間時是教皇 Celestino 五世（1210-1296），與但丁同時，於 1294 年被選為教皇，在位僅數個月，因混亂的政治與壓力而辭職。

但丁對他的懦弱不滿，判他入林薄地獄，但是我想：每個人都有選擇自己命運的權利，這位辭職的教皇也許其實是升上了天堂。

3 月 17 日，週日

櫻花匆匆的腳步才離開，木棉花和洋紫荊就興沖沖地蜂湧而至，金黃與艷紅燃燒在晚春的晴空。

你在哪裡？書齋？還是暗室？

6 月 18 日，週二

（羅密歐與茱麗葉，第二幕，第一景）

上午十點，在我書房的窗口，傳出一聲聲高達八十分貝的呼喚聲：

"茱麗葉！茱麗葉！茱～麗～葉～"

"啊！羅密歐，真的是你嗎？別被我的家人發現了，你將難逃一死。"嬌小的茱麗葉出現在窗臺。

"我寧可死，也不要無望地等待著你的愛。"羅密歐大聲表白自己的心意。

"六樓哩，你怎麼飛得上來？"

"乘著愛情的翅膀，我可以飛越一切。"

兩隻斑鳩雙雙飛走了，離開了我的窗臺。

有窗臺真好。

當我穿越公園時，聽見草地上三塊巨石的談話：

"以我對慾望的了解，這世界將毀於火。"

"但是，仇恨的力量也不容小看，若這世界再毀一次，仇恨可是綽綽有餘。"

在一陣靜默之後，第三塊巨石開口了，它朗朗吟誦著一串令我迷惑的詩句：

> 虛空的虛空、虛空的虛空
>
> 愚昧、狂妄、知識、智慧
>
> 權勢、富貴、金車、華屋
>
> 愛情、嫉妒、名聲、箴言
>
> 凡身與心的造作，在太陽下一切都是虛空。

（Based on R. Frost: *Fire and Ice* & King Solomon: *Ecclesiastes*）

在公園裡，腳下的落葉發出滋滋的悲鳴，我想到理想的人生：

春天時，開始一段戀情。

夏天時，轟轟烈烈。

秋天時，結束它。

冬天時，在酒館獨自喝著清酒，看著窗外的細雪緩緩飄落。

明年，重新再來一次。

正這麼想著時，行經十字路口，看見一位初老的農婦奮力地踩踏著滿載蔬果的板車，陷在焦躁的、趕著去上班的車陣裡，我心中一陣悲苦，也許這才是我所要面對的真實人生？

看著路邊的野花，它們的生命輕易，只需求一點點的陽光、空氣、水，默默地活，悄悄地走；不像我們人類，用盡心力，虛耗時間，去營求生命以外繁多的附加物；也許我寧為一株這樣的野花，也許我更愛作一朵令人驚歎的櫻花，隕落在生命最美的顛峰。

當我們從"本源"分離為獨自的個體時，有權力選擇自己的著根處嗎？

10 月 18 日，週五

登上大雪山埡口觀景台，不勝欣喜，層巒疊翠令人滌塵淨慮，在觀景台上還看見了唐代詩人陳子昂的〈登幽州台歌〉："前不見古人，後不見來者；念天地之悠悠，獨愴然而涙下！"書寫此詩的字健挺峭拔，是黃山谷書體。

台上羅列多首應景的好詩、好字，建造此台者必屬雅愛詩書之人。

我逐一品賞："海到盡頭天是岸，山登絕頂我為峰。"這是藝術家與藝術教育家劉海粟的句與字。

"觀水悟天機，臨觴懷古人。臺靜農於龍坡。"懷想臺公在世時，大凡學術著作多是請臺公題寫書名，他的漢隸沈鬱勃發如老根盤結，臺公仙逝後，那樣的漢隸幾成絕響矣。

11 月 10 日，週日

清晨，我聆聽著抒情女高音 Anna Moffo（1932-2006）唱著〈亞維儂之歌〉，同時埋首於桌案工作；逐漸地，我愈來愈納悶了，在悠揚的女高音中，為什麼還夾雜著鳥的咕鳴呢？為〈亞維儂之歌〉增添了幾分熱鬧與喜悅。

忍不住抬起頭，啊，是牠！窗臺上佇立著一隻健碩的紅鳩，牠或是聽見了亞維儂的招喚，從樹梢飛臨我的窗臺，展開歌喉，和女高音玩起了二重唱。

一個美好的早晨。

11 月 23 日，週六

據說蝴蝶的翅膀是用麗春花的花瓣做成的。

今天早晨我在草地上揀到了一片淡紫色的波斯菊的花瓣，它輕聲對我說：

"我可以作為你的翅膀，你可以像蝴蝶一樣飛起來。"

"可是，我還需要另一片花瓣呢，什麼顏色呢？白色？紅色？粉紅色？還是同樣的粉紫色？"

"或者，我也可以像甲蟲那樣擁有四個翅膀，那麼我就可以挑選四種不同的顏色了。"

我遲疑著，苦惱著，我想要擁有更多的翅膀、更繽紛的顏色。

直到現在我還沒有飛起來。

12 月 3 日，週二

田裡的大芥菜，彼此吆喝著、碰撞著、推擠著，掀起一波波的驚濤駭浪。

最後它們都得沈入醃缸，靜默地品嚐生命的另一種況味。

12 月 6 日，週六

美存在於"多"：多彩與多姿。

美存在於"錯"：交集與聯結。

12 月 8 日，週一

獨行於寂靜的山野，身後的竹林一陣颯颯作響："他來了！他來了！"幾乎是同時，從樹梢傳出"拍、拍、拍"雀鳥的鼓翅聲，草叢深處唏嗦作響，松鼠、山雞、蛇或是什麼的，紛紛走避他處。

在這場漣漪之後，山野恢復了它的寂靜，像是什麼也不曾發生過。

12 月 9 日，週二

世界的某一個早晨，天空像是被濃墨所染，我奔馳在 68 號快速道路向東行，一向習慣的快速道路變得陌生得可怕；上帝又佈下濃霧，世界醉得醒不過來，我開進看不見盡頭的黑暗裡，68 又二分之一道路？我覺得自己進入了一個異次元的世界。

親愛的朋友，這時我想像著你正躺在溫暖的床上，酣睡著，夢著陽光燦爛的南國花園，而我卻奔馳在一條艱辛的路上，為了探訪山谷裡的芙蓉花，我想參與她的開與落，我想留住她墜地前最後一聲輕輕的嘆息。

到了山谷，滂沱大雨摧打著山芙蓉樹，我見不著我的芙蓉花了。

親愛的朋友，當你從南國花園的夢裡醒來，你知道嗎？這世界的某一個早晨，如此濕，如此冷，如此黑暗，像是一場醒不過來的惡夢。

12 月 30 日，週一

關於"雙生靈魂"，據說神在創造生命的時候玩了一個把戲，祂把一個個完整的靈魂切開為兩半，分別塞進兩個不同的身體裡，然後好戲開始上演了，一個個只有半個靈魂的身體，終其一生迷迷茫茫地尋找著自己另一半的靈魂。

這是一則極具啟發意義的神話，而且兼具最大的娛樂效果，神永遠有祂看不完的悲歡離合的好戲。

2014 年

1 月 14 日，週二

花兒，是誰偷去了你的顏色？是那隻整日叮咬你的蟲子？是狂風？是烈日？是暴雨？是偶然經過的愛慕者？還是嚴峻無私的時間老人？

我知道了，是你對這世界絕望的愛，讓你失去了嬌艷的顏色。

1月23日，週四

前些時手臂腫得像象腿、手掌腫得像米龜，現在已漸次消退中，卻免不了蛻去了一層皮，晨起按摩手掌時赫然發現四根手指已換上了一襲新衣，新衣如絲，柔軟滑嫩，腦中不禁浮出《詩經·衛風·碩人》中的名句"手如柔荑"。

那年齊莊公嫁女兒予衛莊公，當準新娘莊姜的車隊進入衛國的國境時，萬人空巷爭睹國后的風采，此情此景，留下了一首傳誦三千年的詩篇："手如柔荑，膚如凝脂，領如蝤蠐，螓首蛾眉，巧笑倩兮，美目盼兮。"（節錄）

若是在今天，萬頭鑽頭，手機、ipad、大炮鏡頭……，如刀光劍林此起彼落，不會留下雋永的文字以供吟誦，不會有沈澱、咀嚼、轉化，不會有想像的自由空間，不會有抽象的思維能力，現代人只用感官，濫用感官，伴隨著吃喝玩樂的是大量的令人倒盡胃口的影像泛濫，這是何等"物化的文明"！

正是因為沒有具體的影像，所以我可以一再懷想著衣袂飄飄、身材修長、巧笑倩兮、美目盼兮的莊姜被前導後擁著進城的一幕。

莊姜手如柔荑，她的手像初生的茅草那麼纖細而柔軟，而我的手雖然新皮柔軟，卻仍腫著脹著，倒像是幾節蓮藕呢。

1月26日，週日

所羅門王說："太陽底下沒有新鮮事。"素以智慧名世的所羅門王何故作此言？我不確知，我猜大概是他年老體衰、志氣消沈時所說的話吧，他老年時看透浮世，也曾如此發自深心地喟嘆著："虛空！虛空！虛空的虛空！凡事皆是虛空！"以佛法言，所羅門王所慨嘆的是世間法的"虛幻與無常"。

難道太陽底下真的沒有新鮮事嗎？

我曾聽得一位朋友如此說："大家都要奇蹟，但何事不是奇蹟？時時刻刻都在發生著奇蹟，你能從睡夢中醒來，不是奇蹟嗎？你撒開腿便能走路，不是奇蹟嗎？你張開眼便能看見萬紫千紅，不是奇蹟嗎？鳥兒張開翅膀便能飛，不是奇蹟嗎？魚兒搖頭擺尾便能在水中穿梭，不是奇蹟嗎？"

你習而不察，以為一切都是天經地義、理所當然，不，一切的存在與生命都是奇蹟，你當視之為美而常懷感恩之心。

2月11日，週二

一棟白色的小屋，屋前橫呈著一片田野，菜蔬的種籽隨便撒、隨便長，種類繁多的野草野花隨著季節變幻著顏色，幾隻母雞低著頭在其間漫步，公雞在高聳入雲的扶桑樹上遠眺，貓兒在屋頂上打盹，狗兒在田野上追逐嬉戲，把母雞藏在草叢裡還冒著騰騰熱氣的蛋叼在嘴裡。

一畝方塘藏在樹林間，塘主是幾隻神仙似的鴨，塘裡悠遊著不計其數的魚，還有一棵健碩的烏柏樹，是眾鳥的國際招待所。

這是我的田園夢。

余號紫虛道人，自少慕神仙之術，及長潛心學道，遍歷清真、丹鼎、符籙諸家，修習返本還原之術，無奈資質駑鈍，天機薄淺，又不辟五穀，貪聲愛色，以致氣機濁重，去道甚遠。年華漸逝，自愧無已，若不提振元陽，速歸大道，恐萬劫難復，故發憤矢志："堯何人也？余何人也？有為者，亦若是。"

遂假聖堯登仙之處，備集瑞艾、當歸、仙桂……等草木之珍，置鼎爐而醺蒸，十數彈指之後，經脈舒暢，漸至通徹澄明，身輕如無物，飄飄然，逕登九霄雲外。如此不知歷經凡幾，至一巍峨宮殿而止，見南華莊子、沖虛列子、通玄文子、洞靈庚桑楚等四大真人俱在宮外候迎。

余喜不自勝，一一行禮，遂隨彼等入宮，拾層層玉階，登金鸞寶殿，殿上端坐一身材頎長、玉面高冠之人，南華真人附余耳低語："殿上乃天官大帝（堯之真身），快快行禮！"余喜極，伏地叩首，天官大帝神情和悅，招我趨前，勉余精進修道，俾能脫卻塵蛻早登仙籍云云，末了賜余玉露一杯，正欲一飲而盡……。

鐺！一聲金鐵交鳴，令我剎時從九霄雲外滾落凡塵，是聖堯中醫診所藥草醺蒸機的計時器響了，二十分鐘。

王右軍〈蘭亭序〉風流蘊藉，凡一舉手、一投足，莫不溫婉優美；非有如此人品與素養者不能至此，故前人告誡曰："學王字者死。"清高宗乾隆便是一惡例，但俗人往往不知自己之俗，所以清宮寶藏多有乾隆題跋的污漬，更別說他鈐下的乾隆御覽之寶大印了。

天朗氣清、惠風和暢，正此時也。

3 月 16 日，週日

三個月之前，剛從醫院回家，站在路口。

"你怎麼了？" 鄰居 A 問。

"摔壞了手。" 我答。

"你走路那麼慢，怎會摔跤呢？"

三十秒鐘之後，鄰居 B 經過，同樣的問題，同樣的回答，卻是不同的回應：

"你走路那麼快，怪不得會摔跤。"

三個月之後，站在中庭花園。

"怎麼還沒好？有問題喲！"

"手還是腫？為什麼不去告醫生？"

"拖這麼久？你應該換醫生了。"

幫我洗頭的美容師淑絹最令我歡喜，她輕言細語地安慰我："這種事本來就很花時間，你要有耐性，慢慢來。"

每當我的心情沈落到谷底時，淑絹的話就是解憂的妙藥。

3 月 22 日，週六

為了這一味醬油拉麵，我又去了一次日本京都，住在同一家旅館，因為這家旅館所供應的夜鳴（宵夜）醬油拉麵，令我朝思暮想。

小小的一撮拉麵，適合夜間行將就寢時的肚量，其上舖著海菜、竹筍與蔥絲，至於湯汁則是以昆布、柴魚、大根……等長時間熬煮而成，這樣的一碗醬油拉麵，匯集了山與海之珍味，沖淡而甘潤。

　　晚上，我帶著這樣的滿足酣然入睡。

　　　　　　　　　　　　　　　　　　3 月 31 日，週一

　　一個小女孩成天追逐著一隻蝴蝶。

　　"如果我失去了美麗的翅膀，你還會愛我嗎？" 蝴蝶停駐在一簇花苞上問。

　　"失去翅膀？怎麼可能？" 小女孩滿臉的不相信。

　　蝴蝶收束起翅膀，露出滾圓的身軀，小女孩看見一個毛茸茸的怪物出現在眼前，她嫌惡地尖叫著逃開了。

　　"我並沒有失去翅膀啊，我只是展現我生命的底蘊。" 蝴蝶望著小女孩漸漸遠去的背影喃喃自語。

　　　　　　　　　　　　　　　　　　4 月 3 日，週四

　　大一英文課教科書是《二十世紀英文選》，我的語文能力原本就拙劣，那本厚重的書於我如天書，老師陳次雲先生是一位文弱的書生，他翻譯過奧瑪開儼（Omar Khayyam, 1048-1131）的《魯拜集》（*Rubaiyat*），是我非常喜歡的譯本。

　　那年的英文我是勉強過關的，所學過的宏文與詩歌早已不復記憶，唯獨一首佛洛斯特（Robert Frost,1874-1963）的詩〈火與冰〉（*Fire and Ice*），至今還能朗朗上口——

Some say the world will end in fire,

Some say in ice.

from what I've tasted of desire

I hold with those who favor fire.

But if it had to perish twice,

I think I know enough of hate

To say that for destruction ice

Is also great

And would suffice.

有人說世界將亡於火，

有人說將亡於冰。

以我對慾望的體認，

我贊同亡於火。

但如果世界還得再毀一次，

我想我對仇恨的了解甚多，

談及毀滅，冰

力量同樣巨大

而且綽綽有餘。

　　佛洛斯特是美國家喻戶曉的詩人，他的詩簡潔、素樸、有力，點出生命的智慧，甘迺迪總統在其就職典禮上，特別敦請他朗誦詩作。

　　在我人生的歷程中，佛洛斯特這首詩時時在我心裡迴盪著，現在佛洛斯特又在我耳邊低吟著〈火與冰〉，因為此時此地，恨太多、太多了！

柚子花施展她的"百步迷魂香"，整座山谷都淪陷了。

您才從一場朦朧的睡夢中甦醒嗎？

您正狼吞虎嚥著那了無新意的早餐嗎？

您正奔馳在熙來攘往的大街、小巷、快速道路、鄉村小徑嗎？

您正愁苦著、焦慮著，前方的路是如此艱困難行？

願晨曦浸潤您，如同這朵泛著金光的小野花，以欣喜的心迎接全新的自己。

最討厭那種鼓勵人進德修業的金句、格言，但如果一定要我拿出什麼好句子，就這一句了："不為無益之事，何以度此有涯之生？"

她從樹的高枝上撲落，卻沒能回到一心想望的大地，一簇綠葉伸手攔住了她。

這是命運的偶然？還是命運的必然？

是一場美麗的錯誤？還是惡夢的開始？

是藤纏樹、樹纏藤那樣的糾結？還是兩條無可奈何而又冗長的平行線？

她困惑著。

5月8日，週四

詩人周夢蝶老先生仙逝了。

他生前解釋自己獨身的理由，是因為他唯一追求的婚姻對象是：和"觀音"一樣完美的女人。這是詩人的堅持，因為識見不清而導致的堅持，詩人若看到這一幅敦煌帛畫或將大吃一驚吧？帛畫中留著髭鬚的堂堂大丈夫，正是觀世音菩薩。

"觀世音菩薩"是鳩摩羅什的譯名，是依其修行的法門而譯；較後的玄奘大師譯為"觀自在菩薩"，是依其修行的成就而譯。

祂是存在的極高層次。事實上早在無數劫之前，觀世音菩薩或觀自在菩薩就已經成佛了（佛是存在的最高層次），名"正法明如來"，為了救度眾生行事方便，乃自願退居為菩薩，此為佛教徒所說的"倒駕慈航"。

這樣的存在是高能量的、宇宙性的、愛的存在。

觀世音菩薩與我們並無間隔，為了行事方便，祂可能隨機化現為國王、總統、老人、兒童、乞丐，或是流浪在街巷的貓兒狗兒，或是跳躍在枝頭的鳥雀，或是不完美的女人，或是不完美的男人……。

為了追求根本不存在的完美，詩人錯過了一種苦惱卻有趣的世間遊戲。

5 月 11 日，週日

　　我們這些文明人類，穿著絲質睡衣，臥在席夢思上卻不成眠，盤算著退休金夠不夠？國內外旅遊的次數？梅雨季節衣櫃裡的名牌包包是否發黴？通膨或通縮？氣密窗愈來愈密不透氣啦！門鎖兩道顯然不足，紅外線？警民連線？或新光保全？震威保全？慎防小偷、強盜、詐騙、同事、敵國、網路駭客、外星人與異形入侵……。

　　看見棲息在草葉下的小甲蟲，我鬆了一口氣。

5 月 25 日，週日

　　我的活動小書齋，有時也作小餐桌用。

　　下午十分燠熱，一絲風也無，何以排遣？邀了友人夫婦在公園涼亭下見面。我拖著我的小餐車前去赴約，餐車裡裝著一壺咖啡，以冷凍乾燥法萃取的有機咖啡與初鹿煉乳二味調製而成，另加三只陶杯。

　　我斟飲了兩杯，友人夫婦亦然。

　　時光忽忽已過，漸近黃昏了，大風自東方起兮，一掃午後的悶熱。

　　今日正讀著陶淵明飲酒組詩之第十四首，試改幾字如下：

　　　　故人賞我趣，挈壺相與至；

　　　　班荊坐松（亭）下，數斟已復醉；

　　　　父老（友朋）雜亂言，觴酌失行次；

　　　　不覺知有我，安知物為貴？

　　　　悠悠迷所留，酒中（咖啡）有深味。

願靖節先生莫要怪我擅改文字，於亂世中勉作歡樂罷了。

6月11日，週三

昨讀《塵几錄》，謂隱居有"賢士之隱"與"隱者之隱"兩種。

所謂"賢士之隱"，即未完全避絕與外界的交接，且往往作詩、為文、著書、立說，以況其隱居之樂，或抒其胸臆志趣。

賢士之隱，是會留下行跡的。

若東晉謝安，隱居時正值前秦苻堅來犯，朝野震動，百姓皆曰："安石不出，如蒼生何？"故謝安罷隱出山，退去強敵，東晉江山得以安固，史稱"淝水之戰"。

若東晉陶淵明，不為五斗米折腰，不與濁世合流，隱於窮巷，躬耕田畝，飲酒作詩以述其志，留百餘首詩傳于世。

若陶弘景，隱於茅山，梁武帝敦請不出，乃時時遣使就問國事，時人誦先生之德曰："雲山蒼蒼、江水泱泱、先生之風、山高水長"，稱"山中宰相"，有著作多種傳世。

若宋朝林逋和靖先生，性恬淡好古，不趨名利，隱於孤山，梅妻鶴子，善為梅花詩，"疏影橫斜水清淺、暗香浮動月黃昏"是其名句，正史有傳。

所謂"隱者之隱"，是真隱，不具姓名，若楚狂接輿、荷蓧丈人，是他人為之所取的號，其隱是避絕世俗，不與人交接，如白雲之去來，不留痕跡於天空。

我時常經過 A 村。

在一戶廢棄的農舍邊，有一棵枝葉蓊鬱的老樹，在老樹斑駁的樹幹裡，嵌著一只空的酒瓶，這酒瓶常引起我的好奇心，究竟是何人所為？

有一天，我遇著一位路過的老農，乃請教這酒瓶的來龍去脈，後來又陸續加入了好些位當地的農人，甚至連 A 村的三姑六婆們也聞訊前來了，大家一陣七嘴八舌，我險些招架不住了。

後來回到家，費了一番功夫翻查文獻，比對當地人的口述資料，去蕪存菁，疏通矛盾，總算理出了頭緒，茲敘其事於下：

春秋時代吳國的貴公子，名叫季札，人稱延陵季子，某日讀到陶公〈桃花源記〉一文，心有所動，乃欣然規往，然而試了幾次，皆不得其徑而入。

"何不請教陶公本人呢？"某日，他突然心生一計。

於是他罷去車駕（據說陶公居窮巷，車駕不得入），攜一瓶酒，並一僮僕，興緻沖沖地尋訪陶公去也。

但陶公的居處有異說數種，公子季札東尋西訪皆無所獲，終至迷途在一山谷中；他張目四顧，見山谷中獨有一戶農舍，農舍旁有一棵老樹，一位作罷田事的農夫坐在樹下休息。

"請教陶公住處？名潛，字元亮。"公子季札上前一揖問道。

"您尋他有何尊幹？"農夫望了他一眼。

"請問桃花源仙址？"

"那您就別找了。"

"為什麼？"公子季札被潑了一頭冷水。

"桃花源是我瞎編的。"

公子季札大喜，眼前之人正是遍訪不遇的隱者，他令僮僕搬出酒來，兩人坐在樹下暢飲達旦，從周公談到岳飛，從長平之戰談到徐蚌會戰……，直到東方既白，瓶中已空，方才揮手道別，約定明年此日此時同一棵樹下再續。

時光如梭，一年之期已到。

公子季札人在江湖，公事纏身，三天之後方才驚覺自己失信於陶公，他提了一瓶金門高粱，匆匆趕到樹下，卻不見陶公，樹旁的農舍也已破敗多時，似許久未有人居，他在樹下低迴流連，悔恨莫及，離去前掛酒於樹上，以示陶公自己終究未忘兩人之約。

未料此樹亦為好酒之徒，它日釀月飲，不知不覺間樹與瓶竟至合體了。

（張飛打岳飛，打得滿場飛，聊供一笑。）

7月11日，週五

葉子的用處？

"儲存養分，進行光合作用。"葉子說。

"可以遮風蔽雨。"小鳥說。

"可以陪我說說話、聊聊天。"風說。

"可以作為我的打擊樂器。"雨說。

"葉子的影子，可以裝飾我的身體。"大地說。

"它襯托出我的美麗。"花說。

"是我的產房，孩子們的溫床。"蝴蝶說。

"它告訴我們四季的輪替。"人們說。

"鮮嫩的葉子可以作為食物。"大家一起說。

"一片葉子作床，另一片葉子作帷幕，可以讓我睡一場好覺。"一隻甲蟲醒來，揉揉眼睛說。

7月31日，週四

霧之來，如千軍萬馬之夜襲；霧之去，如一場夢之醒覺。

在尖石宇老觀景臺。

8月3日，週日

這個世界充斥著公式、定律與固定不變的價值觀，但同時也得包容"變數"與"意外"。

就以內灣線的愛情火車站"合興車站"來說吧，依車站看板上的文字，愛情與幸福是雙向抵達的；這個看板若是豎立在文明古國的印度小鎮，絕對會被連根拔起，不久之前印度一對相戀結婚的男女，被自己的家人以有辱門風為由而遭砍首，小說《茵夢湖》裡，男女主角是青梅竹馬的一對，但女主角他嫁，男主角終生不婚，孤獨直至晚年。

牛郎與織女，孔雀東南飛，韓朋賦，埃及神話裡把桑椹染紅的一對年輕的戀人……，從愛情車站上車不一定就能直達幸福，有時得繞上好大的一圈，有時永遠迷失於八又二分之一月台。

8月8日，週五

孟子來到梁國（戰國時代之魏國），梁惠王畢恭畢敬地請教他："老先生，您不遠千里而來，將如何利益我國呢？"

達摩祖師也到過梁國（是南朝之梁），梁武帝也是請教他："我興建佛寺無數，有何功德呢？"

達摩祖師當場就給滿心存利得之想的梁武帝潑了一盆冷水："全無功德。"

那麼孟子呢？孟子毫不避忌君威，率直地說："何必曰利？亦有仁義而已矣！"

好一副大丈夫氣慨！

放眼今日天下，誰是大丈夫？

我只看見"錢錢大丈夫"，生命的意義在於累積財富，手頭闊綽了，便以為自己是號人物，可以呼風喚雨、頤指氣使，士庶民如此，官員如此，民意代表如此，此是謂"錢錢大丈夫"，孔子罵之為"硜硜小人"。

孟子還對梁惠王說了一句警言："上下交征利，國危矣！"當"利"成為天經地義的普世價值，當官與民交相爭奪權與利，那麼這個國家將先是動亂，繼之以崩解！

歷史擺在眼前，只是你不去看它，你只看到眼前之利。

8月15日，週五

曾經萌過、傻過、瘋過、笑過、哭過，現在讓我們一起靜靜地老去。

報載：風景極美的南迴線多良火車站，充斥著遊客隨手拋棄的垃圾。多良是美麗的小村鎮，尚且被如此對待，我所行經的公園、街道、風景名勝區，更莫不是垃圾遍地。

每逢政治選舉，候選人總是吹捧著選民的民主素養如何如何之高，我認為是昧著良心的噁心話，這樣的候選人我一定不選，但誰又敢說真話呢？說了真話的結果是萬箭穿心而死。

孔子說：“危邦不入，亂邦不居。”那時他在周遊列國，而我們身為此島之住民、公民，命定要生於此、老於此、死於此，若欲效法伯夷、叔齊之隱於西山，伯叔二人是餓死，而我們將氣竭而死，因為垃圾大軍也深入到本島美麗的山林了。

9 月 28 日，週日

眼前所見是一幅〈孔子行教圖〉，不知出自何人手筆？其設色、構圖、情境俱令我大為傾倒，讚不絕口。

孔夫子正在上課呢！不是在四壁貼著愛國標語、勵志金句的教室裡（如：愛拼才會贏、不可輸在起跑點上），圖中沒有牆，當然也就沒有門，上課的地點是在杏花林中的一處空地，春風吹拂，衣袂飄飄，好一幅春風化雨圖！

再看看學生們！個個席坐於地（彼時無桌無椅），專注會神，無人滑手機、講電話、打瞌睡（宰予偶而為之），無人大模大樣地吃吃喝喝、出出進進；再看看學生們的衣著，素樸而寬舒，端莊而優雅，不像現代學生之爭奇鬥艷，粗俗無品。

孔夫子端坐於高壇上，手上未持擴音設備（如地攤之叫賣），亦無教鞭、戒尺等具，更無電子化、數位化之種種教學軟硬設備。

至於內心呢？他沒有點數、排序、產學合作的壓力，亦不需填交教學宗旨、目標、進度等文件，更沒有自評、長官評這碼子事，他的內心寬舒和悅，仁者的智慧如清泉般源源湧出。

學生們虛靜以待，微風輕拂枝頭，杏花無聲墜地，此時孔夫子面色怡悅，音色清朗地說出是日的第一句話："學而時習之，不亦說乎？有朋自遠方來，不亦樂乎？人不知而不慍，不亦君子乎？"

10 月 28 日，週二

今日在長江的源頭，俯瞰著金沙江，我忍不住高歌了一曲：

我住長江頭、君住長江尾

日日思君不見君、共飲長江水

此水幾時休、此恨何時已

但願君心似我心、定不負相思意

（詞：李之儀；曲：青主）

此曲為昔日音樂課學子必學的藝術歌曲，演唱者以斯義桂（1915-1994）最佳，斯先生是近代世界最優秀的男中低音之一，他的音色厚實而穩妥，感情真摯而內斂，令聽者回味再三。

10 月 30 日，週四

在雲貴高山的草原上，犛牛三五成群，或低頭吃草，或臥地養神，也有些調皮搗蛋、童心未泯的的犛牛玩著雅而不傷的角力遊戲。

牧民騎著馬，巡梭於其間。

多麼祥和的一幅景象啊！外地的遊客迫不及待地奔赴草原，才踏上草原，立刻皺著眉頭叫了出來："啊！牛糞！"對牧民來說這牛糞是寶，它既是燃料又是建築的材料，尤其是犛牛吃進胃裡的草，經過層層的消化、醱酵，排出體外落在草地上，是最天然、最肥厚的養份。

明年的春草會更綠了。

且看這朵野花！出身於土壤貧瘠、空氣稀薄、寒霜屢至而牛糞遍處的高地草原，它綻放得如此清逸而自在。

11月1日，週六

在瀘定縣熱鬧的街道上，有一家生意清淡的雜貨店，店裡有一隻虎斑貓兒，牠酣睡在裝有牛奶的紙箱上，進入極深度、極深度的睡眠狀態。

我對牠端詳良久，想起達利（Salvador Dali, 1904-1989）的名畫〈永恆的記憶〉，這隻酣睡中的貓兒不就是那只癱軟在平台上的鐘嗎？時間融化了，如一灘奶油，牠睡在沒有時間的永恆裡。

11月22日，週六

三十幾年前，在張忠棟教授美國史的課堂上，他說了一句意味深長的話："民主政體，是人類所有曾經實施過的政體中的一個偏鋒。"我對此甚感困惑：民主政體是偏鋒？是一招險棋？一不小心，就墜落萬丈懸崖？

後來我才知道，蘇格拉底死於雅典的民主。

1789 年的法國大革命，玉石俱焚，多麼慘烈！在一堆灰燼中，一隻鳳凰誕生了：現代的民主政體；此後民主政體成為時髦，你要有，我也要有，結果大家都有了，但有的是真品，有的是偽劣品，希特勒等人不都是民選產生的元首嗎？

孫中山先生，是清季的"革命行動家"，他領導革命運動，推翻了滿清專制政體、世襲王朝，同時他又是一位"政治理想家"，引進西方的民主政體，再參酌國情，建立了亞洲第一個實施民主政體的國家，他被尊稱為"國父"。

"但是，孫醫生，對於中國這麼一個重病難治的老人，您下的藥是否太猛了？"

"對於以中華民國正統自居的台灣，尤其一直勉力落實著您三民主義理想的台灣，您感到滿意而且欣慰嗎？"

孫先生年輕時是火爆浪子，後來作為政治的領導者，據說脾氣也不太好，常常大動肝火，以六十歲的壯齡死於肝病。我揣想：孫先生臨死時，必是身、心備極痛苦，那時軍閥割劇，民生塗炭，較諸晚清，何曾好過？所以他才說："革命尚未成功，同志仍須努力。"

對以上兩個問題，我想過了，不宜惹他生氣，讓他安息吧。

民主的真諦，不是人民作主，而是多數人作主，甚至也不是多數人作主，而是少數人的密室分贓；實施民主的重要手段之一是"選舉"，每逢選舉時，就像古羅馬的競技場，場內血腥，場外瘋狂。

我還記得張忠棟教授的結語是：〝還沒有出現完美的政體，人類還在作著實驗，在這條政體實驗的路上，不知道還要犧牲多少人寶貴的生命？〞

11 月 29 日，週六

　　重回下大窩，昭和草成片倒地不起，紫花藿香薊噤口不言，油點草呢？不再從山壁探頭張望了，各個族群的蟲子慘遭滅絕，少數倖存者流浪在不知名的他方，也不再有鵝聲合唱團了，牠們被煮成可口的食物，群鳥在天空傳達著山谷死亡的訊息：〝避開它！避開它！〞

12 月 11 日，週四

　　前些時清出去一些書，暗自發願：沒有什麼非讀不可的書，再也不要買書了。今天經過書店，進去繞了一圈，原來還有這麼多非看不可的書。

　　就來決定一下先後順序吧！

　　第一順位是 George Orwell（1903-1950），因為他的兩本小說《動物農莊》與《1984》最具有時間上的迫切性，尤其在這個資本主義到達高峰或許也是即將崩潰的時代；前者既已讀過，那麼就是《1984》了。

　　書架上陳列著三種不同的版本，分別由三位不同的譯者翻譯，如何選擇呢？在買書這件事上我是極端的挑剔，用紙、字體與字的大小、字距、行距、天與地的留白、有沒有令人討厭的裝飾線條與花紋，推介人太多或書太重皆所不取，最後考慮的重點項目是封面設計，當然譯筆也很重要。

我最終選了一本。

2015 年

1 月 12 日，週一

"相偕"是幸福，但非唯一的幸福，"獨自"也是（或更是）一種幸福。

1 月 14 日，週三

最近公園出現了一群意外的旅客，牠們在每一棵樹的梢頭稍作停留，迅即以輕靈的姿態來回飛掠於天空，牠們的歌聲明快而嘹亮，在天空、在樹梢掛上一串串音符。

這些歡樂的旅客是誰？是灰山椒嗎？

今天清晨，我興緻沖沖地拉著我的小書齋出發了！小書齋裡有一本書、一台照相機，還有一具 35mm/8x 的望遠鏡；當我拉著我的小書齋衝向公園時，路上遇見的每一個人都向我打招呼：

"買菜去？"

"買菜去？"

"買菜去？"

我終於忍不住了："不是買菜，是觀鳥。"

這些三姑六婆面現驚愕，不再說話了；噢，對了，我差點忘了，我在小書齋裡裝設了一台迷你音響，有兩只 3 瓦的小喇叭，為了我自己，也為了樹上的小鳥，這年頭好像只有小鳥才懂得真正的音樂。

有一棵樹，是我的老朋友，每當我站在樹下，隱身於密葉的一隻樹鵲總是"卡！卡！卡！"大笑不止，還有一對鳩鴿，夫婦倆同聲"算了吧！算了吧！算了吧！"對我百般嘲笑，今天我要放音樂給牠們聽。

到了公園，我的心立刻迷醉了，我拾掇了好多好多的美，在草地上，在樹的梢頭，在濃蔭中，在閃閃發光的葉子上，在不著一葉的枯枝上，在樹與樹的交疊處。

小書齋音樂堂開始演奏了，布拉姆斯的〈第二號交響曲〉，由我本人擔任指揮，接下來是小約翰‧史特勞斯的〈晨報圓舞曲〉，唉，我實在抗拒不了圓舞曲的魅惑，終於鼓起勇氣翩翩起舞。

一曲舞罷，我的眼鏡呢？隨手擱置在小書齋的眼鏡竟然不見了！也許是之前拖行小書齋時滑落在草地上了，我抱著一絲希望，追溯先前的行跡尋找失落在草地上的眼鏡，對八百度近視的我而言，猶如海底撈針。

正有意要放棄時，靈機一動，小書齋裡不是有一具望遠鏡嗎？通常在使用望遠鏡時是不需要戴眼鏡的，只需旋轉輪軸，調整焦距，我以望遠鏡掃瞄著一寸又一寸的草地，在一分鐘之後，眼鏡終於出現在鏡頭裡了。

清晨四點醒來，翻開泰戈爾的《吉檀迦利》，詩人如此說道：“當人與大自然對立的時候，我站在大自然這一邊。”

多麼溫柔的情懷。

《1913 —— 繁華落盡的黃金時代》，就是這本書，即使是鳥兒的啁鳴、花兒的呼喚、成群結隊的蝶兒在身邊打轉，也無法讓我的視線離開它一分一秒，能夠這樣寫歷史真好，好似凍結在時光晶球中的“1913 年”突然間甦醒了，文學、音樂、繪畫、心理、政治上重要的人物紛紛復生，他們一一登場，時光回流。

上帝少給我一顆牙齒，還讓我的智齒深埋，任憑又捶又打，一世不得出頭。

今晨仔細察看野花咸豐草，一般花瓣是五片，偶而也會多出兩片或三片，有些則是先天的殘缺，其中的一或兩片特別細小。

突然省悟了，上帝無心於標準化，祂偶而想弄些不一樣的。

我拎著小鋤頭，踏著馬勒〈兩隻老虎〉葬禮進行曲的步伐，朝向公園前進，我擔心了一整夜，昨天麻鷺太太吞食了一隻癩蛤蟆，若不噎死，也會嚴重地消化道鯁塞吧？及至走到公園，我鬆了一口氣，眼前不就是麻鷺太太嗎？牠正悠閒地漫步在草地上，頸部那塊囊腫已經消失不見了。

4 月 27 日，週一

"巴蛇食象，三歲而出其骨。"《山海經》

巴山有巴蛇，巴蛇很大，食量也大，巴蛇時常尋不著足夠的食物，以致時常處在饑餓的狀態。

有一天，巴蛇實在是餓得受不了了，牠緩緩爬出山洞，越過一座又一座重重疊疊的青山，由於牠太餓了，所以牠爬得很慢很慢很慢，終於牠再也爬不動了，停下來閉起眼睛，卻在這時聽見轟隆轟隆的巨響，睜開眼睛一看，啊！眼前出現了一頭像一座山那麼大的大象！

牠張開嘴，一口就把大象吞了進去，由於大象實在太大了，足足花了三年的功夫才把象骨頭完全吐出去，吐出去的象骨頭堆積起來有一座小山那麼高。

傳說是這樣的。

但是，當我看見一位小男孩畫的圖畫"巴蛇吞象"，他畫中的大象在哭，我決定改變故事的情節 ——

"求求你，不要把我吞下去。"大象嚇壞了，牠發著抖。

"可是，我很餓，很餓呢。"巴蛇虛弱地說。

"嗚嗚，我不想作你的食物，我不想死。"大象哭了。

"可是，如果我不吃掉你，我會餓死的。"巴蛇無奈地說。

牠們倆都想活下去。

沈默了一會兒，大象嘆了口氣說：

"如果你不吃我就會餓死的話，那麼請你吃掉我吧。"

巴蛇也嘆了口氣說：

"為了我自己要活下去，而把你吃掉的話，我太自私了。"

牠們倆都想犧牲自己，成全對方。

（寫到這裡，輪到上帝來接手了……）

5月26日，週二

上帝流著哀戚的眼淚。

"為什麼呢？"小黃花仰起頭，問上帝。

"馬櫻丹擁有好幾件漂亮的衣服，而你卻只有一件。"

"噢，我喜歡這一件，一件就夠了。"

"紫薇有蕾絲花邊，而你沒有。"

"紫薇的蕾絲花邊確實很美，但我並不需要這些裝飾。"

"朱槿的朋友很多，而你卻常是孤單的。"

"孤單？我欣喜於自己的存在，從不感到孤單。"

上帝沈默了一會兒——

"在太陽下山之前，你的生命就會結束，你永遠看不到美麗的夕陽。"

"看不到夕陽？但是我看到了朝陽，它們不是一樣的美麗嗎？"

聽見小黃花這麼說，上帝流下喜悅的眼淚。

7月2日，週四

Happy 已逝去十三年了，今天是牠的生日。

牠一歲生日那天，有一個小型的生日派對，還有生日蛋糕，許多玩具，輪到我發願了："我願比 Happy 活得長久。"對於一隻被"馴養"的小狗，最可怕的命運莫過於"無依無靠"，上帝聽見了，應允了我的請求，因此我還有什麼好抱怨的？而且根據物質與能量不滅定律，我耳邊依然聽得見 Happy 歡快的汪汪聲，當我站在那棵烏桕樹下時，Happy 也在那裡嗅聞著青草的芳香。

更重要的是：後來我在每一隻小狗的身上，都看見了 Happy 的身影。

7 月 17 日，週五

我在燒炭窩。

陽光把大地點染成金，我被眼前的景物迷醉了

8 月 21 日，週五

在圖書館，我邂逅了紀伯倫的靈魂，他勸我別去啜飲上帝斟給我的"歡樂之杯"——

　　那會令你遺忘過去，輕忽未來；

　　上帝也給了你"哀傷之杯"，

　　喝下它！你將會明白歡樂的真義。

9 月 12 日，週六

直到進入初老之境，我才領會到布拉姆斯"深而永"的浪漫情懷。

諦聽布氏的第二號鋼琴協奏曲："各種不同的美與感情，從

澄靜莊嚴、熱情宏富，到翔翔於深夜的詩……。"

9月18日，週五

我已算不清自己有多少年沒進電影院了？我討厭密閉而且黑暗的空間，一群互不相識的陌生人，冗長而無聊的時間……，愈來愈多浮濫的電影充斥，歐、美、亞俱無倖免，此是否象徵著人類文明的走向衰頹？確實是，絕對是，當然我也可能錯失了少數值得奉獻身心的好電影。

長途飛行，坐在機艙裡，完全就像是坐在電影院裡，密閉而且黑暗的空間，陳腐的空氣，陌生人，冗長無聊的時間……。只有在長途飛行時我才看電影，來回兩程飛行時間長達 30 小時，空中電影院提供的電影上百部，我都是蜻蜓點水地跳過去，只有五部，從頭至尾我細細地品味過不止一次：《珍愛相隨》、《名畫的控訴》、《繼承人生》、《追尋第三顆星》、《橘子收成時》，尤其是愛沙尼亞與喬治亞合作拍攝的《橘子收成時》，我認認真真地看了兩遍，感觸良深。

我的鄰座是某銀行的理專，我們互不認識，她告訴我，她看電影從來只看俊男美女，我說："那麼你看看這部《橘子收成時》，沒有俊男美女，只有兩個老頭，和兩個因為仇恨而殺人不眨眼的民兵。"聽了我的話，原本聒噪的她沈默地看了兩個小時，在飛機行將落地紐約之前，電影結束了，她誠摯地對我說："謝謝你，推薦我看了這部電影。"

上帝創造了一切，祂首先創造的是"天使"，然後祂造了天空飛的、陸地爬的以及水裡游的，上帝並沒有創造"人"。

因為上帝是依照自己的形象創造了天使，所以上帝特別寵愛天使，祂賜給天使三樣珍貴的禮物：思想、情感，以及自由意志。

擁有了思想、情感以及自由意志的天使，很自然地，逐漸發展成為兩種不同的天使："善天使"與"壞天使"。

當壞天使的數量愈來愈多而且壞到不能再壞時，上帝非常非常地生氣，祂把壞天使放在自己的膝蓋上（就像大人打小孩屁股那樣），拔去壞天使的翅膀，從天堂一腳踢落凡間，從此壞天使得忍受以雙腳步行於骯髒塵土的痛苦。（不錯，亞當和夏娃原本就是兩個壞天使。）

因此，上帝並沒有創造人，人的前身是壞天使，如果人改過遷善、表現良好，以後還是可以回到天堂作善天使，但若仍然怙惡不改，那麼就只能下地獄囉！

小時候最喜歡看"勞來與哈台"影集了，常被逗得哈哈笑。

哈台長得矮胖，世故而聰明，勞來長得瘦高，溫和但痴傻。有一次，在劍橋大學，勞來從窗口伸出頭，窗子突然滑落，砸中了勞來的頭，這一砸像是觸動了什麼開關似的，傻氣的勞來竟然突變為天才，令常常取笑他、捉弄他的哈台為之瞠目結舌；但為時不久，勞來又被同一扇窗子再度砸中腦袋，天才不見了，勞來又作回原來憨傻的自己。

昨天我的頭不小心撞到了牆，發出很大的一聲響，在那一瞬間我想起勞來，靜靜地等待了一會兒，看著自己能不能從智障變成天才？結果什麼也沒發生。

其實我寧可作傻子，也不想作聰明人，更不想作天才，這世界這麼混亂，不就是因為聰明人或自以為聰明的人太多了嗎？至於天才，看看吧，這個世界一向是如何對待天才的？梵谷、莫札特、特斯拉……。

要作傻子，至少要作一個"聰明的傻子"。

12 月 24 日，週四

一隻大鳥在天空飛。

"上來唷！和我一起飛～"它愉快地對我喊著。

"可是，我沒有翅膀呢。"我悲傷地說。

"你的翅膀呢？"它很詫異："你不是有一對漂亮的翅膀嗎？"

"我把它收藏在一本書裡了。"

"去取出來啊！和我一起飛！"它愉快地說。

"可是，我不記得藏在哪一本書裡了？"

"一本一本地找啊！"它催促著我。

"可是，世界上的書那麼多。"

"那麼，我不能等你了。"

它張開翅膀，逕自飛走了。

2016 年

2 月 15 日，週一

在米蘭・昆德拉《生命中不能承載之輕》裡，薩賓娜對托馬斯說："你是這媚俗世界中的怪物。"

托馬斯投書報社，他說："大家都信任政治的領導者，以一腔熱情追隨效命，結果呢？這些政治家、革命家，把大家引入窮絕之境。而那些人，把大家引入窮絕之境的人，卻聳聳肩，一派無辜地說：我們事先毫不知情，我們沒有預料到會是這樣，請相信我們，我們會儘量作修正。但是死了這麼多人，犧牲了這麼多人的幸福，難道都不代表什麼嗎？"

托馬斯還說："伊底帕斯（Oedipus）在毫不知情的狀態下弒父娶母，他有沒有聳聳肩，一臉無辜地說：我不知道是這樣，我是無辜的。伊底帕斯沒有這麼說，他刺瞎了自己的雙眼，放逐了自己。這些政治上的領導人、改革者，難道都是全然無辜的嗎？難道不該刺瞎自己的雙眼嗎？"

他拒絕修改文字，拒絕道歉，所以一步步地被逼入窮絕之境。

薩賓娜是睿智的，托馬斯最終死於他的不媚俗。

能不媚俗嗎？

媚俗，政府才能受到擁戴、安享權利。

媚俗，政客才能贏得由人民作主的選舉。

媚俗，才能與世浮沈，稱心快意。

媚俗、媚俗、媚俗……。

那隻媚俗的領頭羊，帶領著媚俗的一群羊往懸崖跳！

國小生背著沈甸甸的書包，左手、右手各一袋，還有那些如狼似虎、荒嬉度日的青少年眾，教育如此浮淺、功利，那些教育場上的掌權者、先鋒改革者，能夠聳聳肩，一派輕鬆地說自己毫不知情、無法預料嗎？這些人難道不該刺瞎自己的雙眼嗎？

3 月 23 日，週三

"為什麼寫詩？"

"寫詩是能量的釋放。"

"為什麼寫散文？"

"散文是由外而內、再由內而外，散步的過程。"

"你真怪！為什麼總是唱反調？"

"我不怪，我只是不媚俗，而且我還要作一把擊破鄙俗的鐵鎚！"

3 月 26 日，週六

書櫃裡有一本尼采的《悲劇的誕生》，是 26 歲那年在美國費城買的，扉頁上有當年的題款為証，但我從不曾展讀過。

近日為了傾聽華格納的音樂，把它從書櫃裡請了出來，當年尼采寫《悲劇的誕生》，副標題是 "源於音樂的靈魂"，尼采曾經極為傾慕華格納，這本書《悲劇的誕生》是引入華格納音樂的一道光。（至於他後來與華格納的背離，那又是另一回事了。）

我把書帶至鄉下小居，在暈黃的抬燈下打開來，發現書裡滿佈著紅線與註記，誰說我不曾讀過？為什麼我毫無印象？豈不是白讀了一場？看著我年輕時代所畫的紅線與所作的註記，潛伏在第八意識的印象逐漸地鮮活了起來，像是被春風拂過，冒出了頭，發了芽，沛然莫之能禦，刷刷地抽長著。

確實我讀過，經過歲月的淘洗，沒在我的腦海裡留下痕跡，豈非令人氣餒？下過的苦功，竟全然無用？其實也不盡然，一本好書中的菁華，往往是在不知不覺中融入了自己的生命。

我常常思考著：

阿波羅式的或戴奧尼蘇斯式的？

理性的或感性的？

清醒的或酒醉的？

思辨的或感覺的？

節制的或縱溺的？

哲學的或詩意的？

不都是來自於尼采的《悲劇的誕生》嗎？並非白讀一場，也不是浮光掠影，它早就悄悄地融入了我的生命。

3 月 30 日，週三

穿出草莽，眼前出現了一處雞的桃花源，三隻氣宇軒昂的公雞好奇地打量著我這位不速之客。

此時想起了錢鍾書的《圍城》，錢把圍城喻作婚姻，外面的人進不去，裡面的人也出不來；然而，錢氏本人之被關在圍城內，其家庭生活倒也愜意，觀錢夫人楊絳女士的《我們仨》可以知，我以為關鍵在於"只要城外的人攻不進去。"

但是在那個時代裡，誰能豁免於來自外界的摧殘呢？

我與三隻雞隔著圍籬相視，這圍籬既可防止雞住民跑出去，亦可防制來自外界的生存危機，哪些危機呢？人、蛇、狗、貓、鼠……，原來世間的桃花源也需要有形與無形的護障，但若危機來自於空中呢？例如一隻盤旋在上的老鷹，或是一個誤闖的武陵人？

　　此時想起了朋友的話："就是因為烏托邦是不存在的，所以烏托邦才是烏托邦。我們來這個世界不是為了要經驗烏托邦，而是為了要經驗心靈與身體的雙重苦難，在苦難之上構築起一個不存在的烏托邦，作為永恆的盼望。"

4 月 8 日，週五

　　如是聽聞：人生如戲，舊人黯然下台，新人在鑼鼓喧騰中上台。

　　幸福是：一尊永恆不朽的雕像？一張泛黃的全家福照片？還是一組輪轉不休的跑馬燈？

　　我走去山谷中那雞鴨混居的小小社群，探視那三隻已然長大的鴨寶寶，牠們被無情地扔進了成年的世界，彼此倚靠著，瑟縮在角落。

　　我為三隻年輕稚嫩的鴨子悲，牠們遲早得習慣這世界的一切。

5 月 4 日，週三

　　一個不完美的人行走於不完美的世界，或曰：一個殘缺扭曲的人行走於這個凶殘的世界，時時沒頂於恐懼的大海，更被憤怒的烈火灼燒著，黃鐘毀棄，瓦缶雷鳴，我該做哪種人？太早死去的好人？死後被人們所哀嘆懷念著，還是做一個惡人？享有壽考富貴權勢，卻被人們詛咒著為何不早死？

「沒有理由，只因我們在這裡，虛空不會問問題，不會不顧一切地尋求解答填補，只因我在，我們在，如此不可思議。」張讓先生如此說，好的，既然如此，我就不再發問了。

5 月 9 日，週一

322 比利時首都布魯塞爾恐攻之後，我行經鄰近爆破地點的廣場。

歷史上基督教文明與伊斯蘭文明的戰爭與仇恨無可解，真的無可解嗎？我這麼想著，我的心聲上達了天庭，基督教唯一的真神耶和華與伊斯蘭教唯一的真神阿拉，同時感到有此必要見上一面以尋求和解，祂們在約定的時間到了約定的地點，竟然等不到對方的出現。

最後祂們恍然大悟：祂們不是祂們，祂們是「一」。

5 月 10 日，週二

約一個月以前，行經比京布魯塞爾某家以「髑髏」為主題的商店，櫥窗中陳列著一具骨骸，背上有一對白色的羽翼，它吸引住了我，我想：若將之置放在全世界任何美術館裡，也會是一件搶眼的現代藝術作品。

古典藝術是為了「存真」，美化之後的真，或轉化之後的真；近代藝術，拋下肉眼，開啟了另一扇視窗，如果你仍停留在浮淺、褊狹且騙人的肉眼世界，那麼你將永遠進不去"美麗新世界"；現代藝術不再存心討好人類的感官了，它像一顆炸彈，把人炸得七葷八素，然後在灰燼中，看看，有沒有誕育出什麼新生的鳳凰？

初看到這件展示在櫥窗的作品，令我大感駭異！

這具軀體披著白色的羽毛，肩上有一對翅膀，頭上頂著光環，顯然這是一位天使，天使？不是發光的靈體嗎？祂是神的信差？但這位天使卻裸露出一副如凡人的骨骸，如果你的眼力夠尖，你還會看見如鬼魅般爬行在骨骸各處的蜘蛛。

我當下的感覺——

好像是尼采之宣布基督已死！

又好像是人類所宣稱的美好的文明世界，在我眼前土崩瓦解！

法國的思想家蕭沆（Emil Cioran, 1911-1995）這麼說——"如果說上帝依照自己的形象造了人，那麼上帝有沒有人所具備的消化器官與排泄器官呢？這可不是一個笑話，而是基督教神學的一個重要議題，不少神學家為此發表過宏論，連羅馬教廷也慎重地為此議題作了釐清。"

佛教也面臨著相同的考問，在諸佛面前上供香花素果等，難道佛也需要這些外在的物質給養嗎？因此而有論師提出"佛思食"等回答；台灣民間信仰以牲體祭供先祖與鬼道眾生，可是祭拜之後卻是完好無缺，這些異類眾生果然吃了嗎？答以"神鬼嗅食"；藐姑射仙人餐風飲露，道家之神人、真人如何續命養身？大約仍無法完全脫出物質上的條件，這時我倒想起了莊子的那個會說話、會唱歌的頭蓋骨，真是可愛極了！

穆索斯基的〈荒山之夜〉，還有哪些畫家愛畫〈髑髏之舞〉？通通都來吧！有音樂助興，讓我們一起來跳舞。

也許上帝並沒有創造什麼，祂只是微笑著看著人類忙不迭地創造，包括創造上帝與諸神，創造對立與仇恨。

5 月 18 日，週三

在車子裡，我們談論著死亡。

"死亡是什麼？"朋友問。

"死亡是從三次元轉換到四次元。"我說。

後來，我們漫步在廢棄的火車隧道。

"死亡就像這樣嗎？通過一個長長的甬道，有時閃著藍光、有時是紫光、有時是綠光⋯⋯"朋友又問。

我不知道如何作答，我在隧道裡思考著這個問題，我走得很快，因為我想及早看見隧道的盡頭，當我終於走出隧道時，發現自己又回到了原來的世界。

轉換失敗。

6 月 14 日，週二

這一方印 "茶煙琴韵書聲"，是我的老師鄭緒平先生所刻。

今天既有風又有雨，泡上一壺大紅袍，於茗煙繚繞中，聊作文以遣興吧！我極少飲茶，因為飲茶須在某一種情境之中，曾稍涉獵過日本的茶道，和、敬、清、寂是其精神，從茶徑、茶室以至諦聽沸水的低吟，品飲茶湯的滋味，都得放空身心、入於禪理，故稱 "茶禪一味"。

國人喝茶，通常是為了喝茶而喝茶，當茶煙升起，就如同酒過三巡，狂恣喧鬧了起來，聊著政客醜態、社會八卦，還間雜著金鐵之尖嘎聲，環顧四壁掛於牆面上的字句與字跡，俱是粗俗鄙陋。

因此我極少飲茶，蓋情境之難得也。唯一難忘的經驗是三十餘年前，在龍潭某一茶行中，壁上懸著一副對聯："蝸牛角上爭何事、電光石火寄餘生"，令我心驚，至今難忘，那一次我還買了一把紫泥茶壺，壺身上刻了字："流水當鳴琴、風篁類長笛"，石羽（沈漢生）刻，我名之為 "流風壺"，很多年之後，我才知此壺為大陸一級工藝師張紅華女士所製。

茶友難得，故飲茶尤適合獨自。從前讀過一首日本的俳句，大約是廚川白村《苦悶的象徵》中所引，謂在寒凍的冬天，手捧一杯熱水，望著蒸騰而上的白煙，但記不得原句了，在此我不揣淺陋，試著以5-7-5的格律重組之：

白雪紛紛下／茶煙裊裊地升起／迷矇了雙眼。

獨自飲茶可得清寂之韵，但挑水、煮水、烹茶之事，願得一茶僮而為之，此茶僮必得清淨，不得聒噪粗魯，輕靈婉約者尤佳，我將命名為 "茗煙"，是茶之精靈也。

琴棋書畫，是古代士人必具的四項才藝。

我呀，真幸運，除了棋，其餘三項全沾過邊。古代治國平天下、運籌維幄者都得精通棋藝，當淝水之戰正殺伐震天之際，晉之主帥謝安不是氣定神閒地下著圍棋嗎？我也下過圍棋，就只下過一次，那一次我倖勝，此後就戒了棋，棋令我如此絞盡腦汁，太可怕了！所以我無能於治國平天下，獨善其身可也。

至於被稱為國粹的麻將，更是一眼都不看，因為很久以前聽聞史學家黎東方先生講課，他是這麼說的：“麻將適足以亡國，因為親朋好友各坐一方，作什麼呢？勾心鬥角，這是何等卑劣的民族性啊！”

還是彈琴好，彈琴風雅。

春秋時代齊國的大夫俞伯牙，與楚國的山樵鍾子期“高山流水”的故事人盡皆知，在三言之第一言《警世通言》之第一卷〈俞伯牙摔琴謝知音〉中述之甚詳，唉，伯牙視為第二生命的稀世珍琴就此毀了，子期不在為誰彈？能夠理解。

古之琴，或稱七弦琴，未曾得聞其韻，直到青年時期認識一位琴人，結為摯友，時時延我至其日式老宅作客，聽其彈琴，初時不識琴，以為如彈棉花，遂不時抓取盤中果物，大啖之，突地錚的一聲，琴弦斷了，斷弦拋出，打在我正抓著果物的右手，痛極，於是不敢造次，正襟危坐諦聽之，愈覺其韻之深厚永長。

琴曲名皆美，如〈瀟湘水雲〉、〈漁樵問答〉、〈山中思故人〉……，〈普庵咒〉是佛曲，乃宋朝普庵禪師於定中所得，後人為之譜曲，以琴鼓之，或配以木魚，夜深人靜時彈此曲，據說可防邪鎮魔、蚊蚋不生。

信筆寫來，草草，算了，不寫了，中夜將至，幽冥界之倩女或將以琴音招致，趕緊上床睡覺吧。

7月9日，週六

風來了，它鞠躬，向水邀舞，它們跳起了華爾滋；在風的懷抱裡，水的長裙翻飛，直到襲來了一陣狂暴的急雨。

8月5日，週五

據報導西伯利亞的永凍層開始融化，大財團將展開甲烷的開採計劃，那是新財富的創生，作著發財夢的市井小民也紛紛前去尋找埋藏在永凍層的象牙。

潘多拉的盒子打開了！一群妖魔鬼怪隨之逃離西伯利亞的永凍層，我不該稱之為妖魔鬼怪，這些細菌、病毒和人類一樣同是地球的住民，它們存在的歷史比人類長遠得多。

在公元 1918 春至 1920 冬，橫行於世界的西班牙流感，奪去了至少二千萬人的性命（這是最保守的估計，恐怕兩倍），比犧牲於第一次世界大戰的軍人與平民 1600 萬人還要多，彼時阿拉斯加的愛斯基摩村一個接一個被病毒毀去，遺體多埋於永凍層，遺體中的病毒仍可活化……。

只不過是一百年前的近代史，大家都忘了？

"唉，我們這一代碰見這麼多的事！"朋友重重地嘆了一口氣。

"不，我們這一代，擁有最多的資源，也濫用了最多的資源，在人類的歷史上從不曾像我們這一代過得這麼富足，中國的百姓窮了五千年，從不曾像現在過得如此豪侈，人們不抬頭放眼看看歷史的長河，只看著自己腳前的那一團黑影，而以為大吃、大喝、大玩、橫取、暴奪都是天經地義、理所當然，再加上民主之為暴力，資本主義以競爭為動力。”我說。

“我想去尋找希望，那埋藏在永凍層最深處的祕密。”我也重嘆了一口氣。

8 月 14 日，週日

幼稚園時：“我要做天使！”
小學時：“我要做校長！”
中學時：“我要做萬能博士！”
大學時：“我要做學者！”
研究所時：“我要做大師！”
中年時：“我要做作家！”
退休了：“我要浪跡天涯！”
現在老之已至，開著車，從收音機裡傳出 Caccini 的聖母頌，我想起來了，現在我的志願是：“我要做天使！”

9 月 8 日，週四

在樹幹的夾縫中倒掛著一具屍體，本以為是鳥，但牠有一對前肢、一對後肢及一對尖細的耳朵，一條約十五公分的尾巴，那麼應該是老鼠了。

發生了什麼事呢？這具尚未完全腐化的鼠屍，其胸腹部有明顯的傷口，那麼是慘遭他種動物的毒手了？但怎麼會殞命在約兩公尺高的樹幹夾縫中呢？

在暗夜中，在我們的不知不覺中，發生了一場驚心動魄的追殺。

同樣地，在暗夜中，在我們的不知不覺中，一群人、一個村莊、一個聚落、一個族群、一個國家被消滅了，沒在歷史上留下蛛絲馬跡。

那些人從不曾存在？那些事從不曾發生？

9 月 19 日，週一

作鳥有什麼不好呢？梭羅在《湖濱散記》裡引用聖經的話："你看！那鳥兒飛得多麼安祥自在，那也是蒙神恩寵的。"

11 月 4 日，週五

正聽著馬勒的第三號第六樂章，心裡納悶著：應該是夜鶯清靈的鳴唱，怎麼是嘎嘎的粗啞聲？一抬頭，啊，窗台上站著一位不速之客，樹鵲！怎麼你也來參了一角？

11 月 20 日，週日

雨滴滴滴滴滴滴滴不停
滴滴雨滴滴入安靜底心

12 月 9 日，週五

我懷著沈痛的心情紀錄以下的事件——

這是一隻"泉字雲紋斑蛛"，網絡多重，下半部為倒皿型的網室，居上方的那一大團是牠多日來辛苦的結晶"卵囊"。

我每天都去探視牠，牠一定熟識了我。

今日上午陽光和暖，牠喜孜孜地結了一個新的卵囊，但是在下午，當我再度經過這裡時，啊！空盪盪的，蜘蛛網被掃除殆盡了！就像是在中亞或是東歐或是非洲或是地球上的某一個角落，一個孤伶伶的村莊被外族消滅了，沒有人知道它的曾經存在，也沒有人知道它的不存在。

我知道這隻斑蛛還活著，牠躲在陰暗的角落，發著抖，心情和被搗毀的家園一樣地殘破；在劫難之後，牠將奮起，重建家園，就像電影《教會》（Mission），中南美洲的原住民歷經西班牙人的炮轟血洗之後，命脈未絕，至今生生不息。

12 月 12 日，週一

我又買進了一批新書，歡呼！喝彩！

在"書"這件事上，我總是像一頭貪婪的、永無饜足的怪獸，大口地吞下一本又一本的書，有時則悠閒自在地慢慢咀嚼、細細品味。

"這年頭，誰還買書？誰還讀書呢？"週遭的人很不以為然地說。

恰恰好這就是我買書、讀書的理由，一本好書為我添上一對健碩的翅膀，飛起來，翱翔於穹蒼，遠離這扁平枯躁的世界；在穹蒼上一點兒也不寂寞，我總會遇見一些飛翔的身影。

"你知道電子書嗎？一個月 199 元，可以讀三十本哪！"科技新貴說。

我當然知道電子書，但你忽略的是：電子書載具的螢幕所放射的藍光，是眼睛的殺手；而且我絕不接受這樣的暴政，如同某一個專制政權劃定了一個範圍，然後對它的人民說：“瞧！在這個範圍內，你們可以儘情地享受自由。”

我唾棄這種不自由的自由，那是一個已然優氧化的小池塘，我寧可作一尾悠遊於大海的小魚，雖然可能迷失方向，感覺焦慮與恐懼，但也時時會撞見驚喜，激起美麗的浪花。

“但是，電子書可以節省大量的空間！”科技新貴仍不死心。

但我就是喜歡紙本書啊！紙本書裡有一棵樹，樹在紙裡呼吸著，還有穿梭在書裡的雲，跳躍在枝頭的小鳥，瀰漫在書裡的花香，書裡有一個熟悉的靈魂牽著我的手，引領我進入奇幻的世界。

手捧著紙本書，一不小心掉落在地上，彎下腰拾起來，拍去書上的灰塵，它還是一本書，你的永恆的戀人；拿著電子書，一旦失手，你只能嗚咽著揀拾它的碎片，它再也無法復合了。

如此脆弱的科技文明。

讓書的馨香充滿我所有的空間吧！它們也將充滿我的心，歲月將把它們釀為醇酒，馥鬱的生命湧動著，泊泊湧出一行行美麗的詩句。

12月24日，週六
我年輕時讀了一些書，吸收了一些哲人的智慧，但有什麼用呢？腦細胞日以繼夜地新陳代謝，披沙瀝金的結果，幾乎全流失了，只記得其中一句、兩句至簡至要的箴言。

我記得蘇格拉底在法庭上說的最後一句話："活著好？還是死了好？天知道！"（這是柏拉圖的紀錄）當我散步時，時時吟誦著蘇格拉底的這一句，而這位散步學派的大師，卻被希臘的民主判了死刑，理由是"敗壞年輕人的心靈"，天知道！

納粹希特勒是經由民主選舉而崛起的狂魔，民主是刀鋒上的危險遊戲；那麼開明專制呢？哥德生長在開明專制體制下，那時的歐洲文化燦然，是人類歷史上文化最為豐美的時期之一，但哥德總是在抱怨著周遭文化的粗俗。

隱居在華騰湖畔的梭羅算是夠幸運了，他只需步行半小時回到康考特鎮上，便可與愛默生、霍桑……等文哲詩人往還暢談，但他還是不免憤世嫉俗，對時人的生活內容多所批評。

與哥德、梭羅等人相比，屈原的天空是徹底地陰鬱，他的時代、他的國家是黃鐘毀棄、瓦缶雷鳴、小人張狂、君子不出，他大聲疾呼，但沒人睬他，他悲嘆道："國無人！國無人！"投江而死。

五十年之後，楚國果然滅亡。

是誰說楚國不會滅亡的？不是大家都這麼說嗎？

12 月 25 日，週日

前些時，與一位高智識的朋友共進早餐，這位朋友嚼著培根說："培根是非常好的食物。"我心想："培根不是過度加工、有害健康的食物嗎？"

後來共進午餐時，這位朋友又說了："披薩，真是人間第一美味！"但我只要咬下一口這人間美味，就會喉嚨發炎，災禍立現。

除了"貪婪"與"仇恨"，人們只相信自己所相信的，以自己的是非為絕對的是非，這是世亂之根源。

2017 年

1 月 28 日，週六

已經不再是農業社會了，但華人還是沿用著以生肖計年的習俗，今年值酉年，生肖屬雞，齊克果講過"野鵝與家鵝"的寓言，我也應景講一則莊子書中"公雞"的故事。（非莊子寓言的原貌，我添了點兒油、加了點兒醋。）

某人家裡來了客，主人擬殺雞待客，檢視雞籠唯餘兩隻公雞，一隻每天日出時準時報曉，另一隻從來不叫；主人抓出不會叫的那隻，磨刀霍霍（以下血腥畫面略去），另一隻雞親睹兄弟慘死，哭著說："都是無才惹的禍啊！"

有用、有才就能消災避難、一生富貴嗎？那可不一定呢！

莊子書中也講過另一則"千年醜樹"的故事，青壯挺直的樹被砍倒，醜陋彎曲的樹卻得千年之壽。安身立命之道是什麼？你得自己去琢磨。

人們素來讚譽雞兼具仁、義、禮、智、信五德，我尤其朗朗上口的是明末遺臣顧炎武〈廉恥〉一文之末："雞鳴不已於風雨，松柏後凋於歲寒。"

這位風雨君子，能夠得其天壽嗎？

誰說雞是智者？當年雞走出山林，被人類馴養，便是莫大的不智；若我是雞，寧作一隻隱於山林的野雉。

唉，說了還是白說，既已不幸為人，今天就把顧炎武的〈廉恥〉一文找出來，好好溫習一下這世間稀有的珍寶吧。

2月13日，週一

前些日讀了張啟疆先生〈賣書〉一文，他提到波赫士（Jorge Luis Borges, 1899-1986）曾出版《永恆之史》一書（多麼詭異的書名，永恆與史是不能並立的，他竟然異想天開），在此書出版的第一年，只賣出 47 本，這數字令波赫士狂喜（但令出版商頭痛）："如果不是 47，而是 470 或是 4700，那麼慘了，毫無樂趣。"

還好只有 47 位讀者，他幻想著這 47 位素昧平生的人是誰？職業？心性？他想逐一去拜訪他們，收穫他們臉上的驚訝，然後請他們喝一杯咖啡，開懷暢談。

這麼巧！這正是我一直想做的。

2月16日，週四

去年 2016 年諾貝爾文學獎頒給了美國流行音樂歌手 Bob Dylan，也許是因為錯愕吧，Bob Dylan 並沒有立即作出反應，遲至幾天後才表明樂於接受此獎。

若我是 Bob Dylan，我會拒絕接受。

自從 1901 年首次頒發諾貝爾獎以來，獲得文學獎的作家（或非專業作家）已達一百一十幾位，但拒絕領獎者只有兩位：一位是寫《齊瓦哥醫生》的巴斯托納克（Boris Pasternak, 1890-1960），他迫於蘇聯政府的威逼不得已而拒絕此獎，我於大學時代讀過他寫的這部如史詩般的長篇小說，雖然已經印象模糊了，但依小說而拍攝的電影《齊瓦哥醫生》，我珍藏了它，有時還拿出來再次回味。

第二位是法國的哲人沙特（Jean-Paul Sartre, 1905-1980），他拒絕一切來自於官方的榮譽，包括諾貝爾文學獎。

Bob Dylan 之獲獎，半數人認為是一項突破，擴大了文學的範疇與視野，另半數人則噤聲不言，以免自己被罵為不合時宜的冬烘先生。

究竟什麼是文學呢？在這個空疏荒蕪的現代世界中，恐怕是愈來愈模糊了。

如果諾貝爾化學獎要頒給我，我也樂於接受，雖然我高中時化學不及格，也在實驗室裡製造過一次小型的爆炸事件，但我活著，而且活蹦亂跳，那是因為在我體內時時刻刻在進行著偉大的、繁複的、精緻的化學變化。

因此，我之獲得諾貝爾化學獎，實至名歸。

諾貝爾先生，請不要對我吹鬍子、瞪眼睛。

2 月 24 日，週五

今天早晨我吃了一份報紙大餐，主菜是周志文先生懷念劉振強前輩（三民書局之創辦人）的一篇長文，我細嚼慢嚥了這篇悲欣交慨的長文，而我嚥下的最後一口是苦味："這二十幾年來，人類心靈洪荒的危機更亟。"

前些時在臉書上看見轉貼的一份報導，標題竟是："台灣人的無知名列世界第三"，凡識者莫不點頭無語，所幸這是一份來自國外的調查，不然的話，這是誰說的？誰說的？這始作俑者在國內將人人喊打、無處容身呢。

近日我很愛讀海涅（Heinrich Heine, 1797-1856），這位集天才、人才、鬼才於一身的詩人、散文作家、政論家，嘻笑怒罵、刀光劍影，其文風既幽默又優美，他如此嘲諷同胞的愚蠢："這美麗的河（萊茵河）兩岸青翠的山上生長著愚蠢（意指葡萄），每年秋天果實纍纍，人們采擷下來釀製成紅色與白色的愚蠢，然後就近在國內消費著愚蠢。"這樣的海涅當然不容於德國，後來他移居法國巴黎，生活在他所追求的自由、平等、博愛裡。

講到人的無知與愚蠢，突想起孟子的一句大膽不諱的話："人之異於禽獸者幾希！"（人與禽獸相去不遠！）別生氣，你得讀完全文，孟子的意思大略是："君子存仁義，庶民無，若人而無仁義，那麼與禽獸相去不遠！"

以我對禽獸的了解，我認為孟子嚴重地低估了禽獸。

我曾見過一隻鳥將死，另兩隻鳥為之守護，這豈不是"仁"嗎？我的愛犬 Happy，在我的諄諄教導之下，也頗通曉"義"，牠總是趁我不在家時才跳上沙發睡覺，當我悄然回家，牠從好睡中驚醒，我難以忘懷牠臉上那副羞慚尷尬的神情。

禽與獸的本性存有仁，在人文的薰陶化育之下，禽與獸也能懂得義。

海涅，如此諷刺當時那些滿腦腸肥、惺惺作態、吹擂家族世系的王公貴族："他們自稱是英雄的後代，但他們是從英雄的屍體裡所爬出來的蛆。"這位一生與愚蠢無知作戰的勇士，死後依囑在其棺木上置一把寶劍，乃實至名歸。

不是只有海涅罵人尖刻入裡，三國時代吳國人徐整在其書《五運歷年紀》中，記載著一段盤古死後化生的神話："身之諸蟲，因風所感，化為黎氓"。（文長不備引，只錄其末句。）盤古死後身上的諸多寄生蟲，於一陣風吹過之後，化為芸芸眾生。

若要問我的看法？我會說：所有的生命概起源於單細胞的有機生命，所以凡人生命裡莫不存有一根牢不可去的小辮子，動物性、生物性，出於本能地活著，盲目地吞吃、繁衍、壯大，活著，為了活著，如此活著。

套上孟子的說法：人如果失卻了超越生物性的心靈，那麼和單細胞原生蟲相去不遠。

難怪二千多年前屈原如此悲嘆著：國無人！國無人！逼得他去作波臣。

心靈洪荒，無時不是。

2 月 26 日，週日

在今晨的報紙早餐中，我吃到一條小小的、艷紅的、令我全身縮成一團的辣椒：反烏托邦（dystopia）。

半數以上的人被癌症奪去了性命，但他們至死不解，為什麼是我？為什麼會這樣？除了遺傳、心情，另有一個狠厲的、隱身的殺手，是你自己囉，延請殺手進門的，而且還奉若上賓，悉心呵護，無微不至。

它們都有一個好聽的名字：威猛先生、白博士、好幫手……。我們給自己下毒，也給家人下毒，更給家人以外所有的生命下毒，更不用提那些長波、短波如天羅地網般的電磁波了！

這是反烏托邦之"生態"一面，反烏托邦是多面相的：政治、經濟、社會體制、集體觀念……。

你覺察過自己生存的情境嗎？

近些年政治翻轉動盪，愈趨向於對立與集權，稍諳歷史的人不免內心焦慮萬分；我雖然胡搞瞎搞強烈地反對歷史，但我反對歷史是因為我熟諳歷史，我被歷史所引發的憂患意識壓垮了。

看看這幅電影的海報吧！那麼灰黯絕望，唯一的色彩與溫度來自於人，而這人也褪了色、退了溫；這是依據 George Orwell 的反烏托邦小說《1984》於 1984 年所拍攝的丹麥電影。

誰說文學家只是風花雪月、賣弄筆墨？

誰說文學家只是講一些蠱惑人心的浪漫故事？

那是三流作家，不是文學家。

文學家是時代的良心，文學家是人類中的先知，文學家是飛翔在雲層上的雄鷹。

1984 只是恐怖的想像嗎？不，它是將臨的真實，正在進行中的事實。

根本沒有烏托邦，連烏托邦也是反烏托邦的，共產主義不就是一個破滅的謊言嗎？但是人們一直昏睡著，作著夢，偶而醒過來，然後又倒下去，繼續昏睡著。

誰能覺察自己存在的情境？一隻隻看不見的手，政客、教育、商人、經濟、儒教、上帝⋯⋯讓生命盲目，窒息，萎縮，枯死。

而我只能活這一次。

3月1日，週三

"這世界是個禮物，而生命是租來的。"
這是我近日聽到的、最有智慧的話了。

3月7日，週二

我們植根於仇恨與對立的土壤，開出的花殘缺不全，彼此怒視；而陽光多麼地暴虐！天空中飛舞著惱人的蚊蠅嗡嗡作響，宣揚著仇恨與對立。

3月13日，週一

前些時讀到海涅關於德式愚蠢的談論，海涅真是真知灼見，他預告了德式愚蠢的危險，如致命的病毒般迅速蔓延，向外輸出，在不久之前造成了一場人類的浩劫。

愚蠢不是德國的專利產品，它為全人類所共享，尤其愈是文化古老的國家，愚蠢愈甚，它如同呼吸的空氣一樣分分秒秒不可或缺，若無愚蠢，文化就會隨而滅絕。

華人在悠久而深厚的文化薰陶之下，愚蠢特甚，少有國家與民族在愚蠢的程度上堪與之相比，除了印度。作為一個華人，從出生的那一刻開始，便接受儒教、禮教、女教、習俗⋯⋯的洗腦，您說是教育、教化、洗禮，我說是洗腦。

在這龐大的洗腦工程之下，華人普遍地功利、現實，只有共相而無個性，不是嗎？大家都是女媧在烤箱裡烤出來的餅乾人，分為三種餅型：上等人、中等人、下等人（比印度的四種姓還少一類），既沒有個性，更沒有自由開展的思想與溫潤的人性。（突想起可敬的魯迅周樹人先生，他發出的幾聲雷鳴，仍未能搖動華人的愚性與奴性。）

我不能獨厚華人，從古到今有哪一個民族、哪一個國家不是在以愚蠢教化人心？現在我明白了：**如果每一個人都是愚蠢的人，那麼就沒有一個人是愚蠢的。**

我們是萬物之靈。

愚蠢，是無法根除、繁衍迅速的瘟疫，人類對它毫無抗體，早在很久很久以前，愚蠢就已經在地球蔓延開了；現在人類帶著這愚蠢的病毒，將把它散布到宇宙中其它高階進化的星球上。

不久的將來，我們在夜深時遙望星空，啊！滿天都是小愚蠢。

3 月 24 日，週五

春日的午後，閒步至公園，探看我的老朋友，樹。

來為老朋友畫一張肖像畫吧！樹是最美、最安靜的模特兒，沒有兩隻一模一樣的麻雀，也沒有兩棵一模一樣的樹，每一棵樹都是它自己，它不模仿，也不屈就。

拿出空白的筆記本，卻發現忘了帶畫筆，搜盡背包只找到一支原子筆，好吧，就是它了，在畫紙上塗抹了好一會兒，完成了，正要收筆，咚！一隻雀鳥遺矢在我的頭上，作了這件壞事之後，牠飛臨至草地上來回漫步著，我明白了，我完全明白了，牠是要提醒我：「還有我呢，為什麼你忘了畫我呢？」所以我把牠也補畫了進去。

不知不覺間已畫了一個多小時，如果您覺得生命太長，那麼就畫畫吧！畫畫絕對可以浪費您不少的生命呢；如果您覺得生命太長而且空洞，那麼你更要畫畫！但不要像我這麼吝嗇，只畫了公園的一角，您應該畫下公園的全景，保証可以浪費掉您一個下午的時間。

唉，生命冗長，就該如此浪費掉。

3月28日，週二

半年前購自華騰湖畔的布衫，其上印著梭羅（Henry David Thoreau, 1817-1862）寫在《湖濱散記》（*Walden*, 1854）裡的幾行文字：

If a man does not keep pace with his companions,

perhaps it is because he hears a different drummer.

Let him step to the music which he hears,

however measured or far away.

我咀嚼著這幾行文字，想起貝多芬，當貝多芬漫步田園時，若有一位喋喋不休的同伴隨行，他怎能聽得見無所不在的樂音？所以歌德說：「看得見美的靈魂，往往漫步獨行。」

「你難道不感到孤獨嗎？」朋友問我。

「我享受著我的孤獨。」我回答。

"真是豈有此理！"朋友很不能認同。

"呵呵，這個又癡又聾的世界。"我心想。

3 月 29 日，週三

一隻羽翼未豐的小鳥，再也無法忍受巢裡的擁擠、喧鬧、傾軋、爭奪了，牠站在巢邊，一陣暈眩，然後縱身一躍！

"啊！不要！"兄弟姐妹們一陣驚呼，但來不及阻止了。

無所不在的上帝，伸出手接住了牠，仁慈地問："現在你要去哪裡？"

或是上帝恰好不在，當牠觸地的那一瞬間醒了過來，醒在另一隻小鳥的惡夢裡。

或是在牠觸地的那一微秒中，發生了一場量子躍，呵，牠的靈魂飛起來了！

無論如何，牠為自己開創了一條路。

4 月 2 日，週六

正在讀一本今年三月才出版但已三刷的新書《我們在存在主義咖啡館》：第二次世界大戰前後，從現象學到存在主義，主角人物是沙特與西蒙波娃，旁及在兩人之前及與兩人同時的諸多哲學家與文學家。

我讀大學時存在主義正流行，看了一本陳鼓應先生所寫的存在主義小冊，至今仍時時默念著其中的經典名句："牛奶沒錯，螞蟻沒錯，但螞蟻掉到牛奶裡就有了錯。"

最近每週兩次去誠品書店讀茨威格（Stefan Zweig, 1881-

1942）的傳記，茨威格如此說："我所深愛的世界已一去不返，我所說的話無人能懂，不管我用哪一種語言……。"如此絕望的錯置人生，他在流亡地巴西自殺了。

前年和去年坐在飛機裡，看了好幾遍的電影《歡迎光臨布達佩斯大飯店》，那位優雅溫厚的飯店經理，最後死於粗暴軍人的槍口下。

茨威格式的錯置人生。

讀了這本《我們在存在主義咖啡館》，我才恍然大悟，雖然從未親炙過存在主義的原典原作，但自己其實一直都是存在主義式的生命。

現在的我，心情暢快，興緻大發，眼前的咖啡正冒著騰騰熱氣，好吧，就由這杯咖啡來談談生與死吧，尤其是死。

孔子說："未知生，焉知死？"孔子是個現世主義者、不可知論者。

道家卻"一生死"，謂生即是死、死即是生，既然如此，根本沒有出生，也沒有死亡。（你現在夢中）

耶穌也是這麼說的："若懂得我話中的祕義，你就無生無死了。"見《多馬福音》（*The Gospel of Thomas*）開宗明義之第一段。

但我們華人多是儒教、佛教與傳統民間信仰混合的信徒，每當我表示對人世的厭棄及至談到"尊嚴死"（或曰"尊嚴逝"）時，面前的朋友總是哈哈大笑："這可由不得你！"

首先，我很難忘記對方臉上那種不懷好意、幸災樂禍的神情，好像是說："我還沒有抽身呢，你怎麼可以先脫離這場災難？”或是："我希望你變得又老又醜又病，但是你不可以死，至少不能比我早死。"

其次，百分之九十九的華人接受了文化與宗教的調教，充滿著天經與地義，從出生至死亡只有一條路，唯一的一條路，人生不再有什麼可能性了。

大家活著，盲目地活著，為了活著而活著，積聚財富（姑不論用的是什麼手段），生養子孫，購買各種保險，熱衷於散布養生的知識，為了自己的退休金、年金而拼死拼活，但卻不思考生命的意義、生命所處的情境。

若有人告訴我，他不想像螻蟻一樣地活著，當他自覺生命已然失去了意義，他要選擇尊嚴死，我會祝福他："願你心想事成。"

奇怪的是：每一位基督徒心目中的耶穌都是不一樣的，一千位佛教徒所信奉的佛法就有一千種；而我倒是服膺這一句："一切唯心造"，我的出生由我，我的離世也應由我，一切都由我自己設計，由我自己製造，由我自己履行，由我自己負責。

於是我想像著有一台咖啡機器，操控面板上有好幾個選項，每個選項下有幾個按鍵或一個拉捍（簡式操作或複式操作）——

咖啡豆種類：其下幾個按鍵；另有複式操作，頗為高難度，可選擇混合豆之種類與比例，這是給高智商的靈魂操作的。

咖啡豆的烘焙度：其下有三個按鍵，淺焙、中焙、深焙，這是給笨蛋用的；另有一個可上下或左右移動的微調拉捍。

糖：不加糖或加糖，若是加糖則甜度幾度？按鍵；另設有拉捍給那些口味細緻敏感的靈魂來操作。

牛奶：如上

酒：白蘭地或其它，幾西西？特別設計給一些具有特殊品味的靈魂。

我期望自己的人生苦中帶甜，因此我為自己沖製調配了一杯甜度為 70 度的咖啡，再加上 5 西西的熱牛奶，這樣順滑適口些。

然後，我縱身一躍到自己的咖啡裡！我在咖啡裡游泳，我細品慢嚐著自己的咖啡，如果咖啡喝完了，或是愈喝愈覺得它的不對勁，猶如一場錯置的人生，那麼倒掉它，再為自己沖調另一杯吧！

4 月 25 日，週二

昨日下午行經護城河，見腳下有細碎的雪花，仰頭一望，呵，流蘇已在樹梢成團成簇了。

那時猛然想起當日是四月 24 日，憶起十五年前的此日此時，當我轉身離開動物醫院的病室時，身後傳來我的愛犬 Happy 一聲聲的嚎哭，那是悲傷、孤獨與絕望的哭聲，當下我即決定明天一早要把 Happy 接回家，但牠卻等不及，在 25 日的凌晨吐出了最後一口氣。

那樣的哭聲，在更早之前我在南寮海邊也聽過，那是由一隻被棄的大型犬所發出的嚎哭。

那位"我思故我在"的法國哲學家迪卡爾（Rene Descartes, 1596-1650）認為："動物是沒有靈魂的。"近代歐洲人之凌虐動物，正是因為他們相信動物沒有靈魂，歐洲人也凌虐別的種族，因為凡非我族類都是沒有靈魂的？或他族、他種的靈魂比較低賤？

相較於哲學家之放言空論，文學家卻能與萬物同情。

雨果（Victor Hugo, 1802-1885）說：“當你望進一隻狗的眼睛，你怎能確定狗沒有靈魂呢？”

畫家哥雅（Francisco Goya, 1746-1828）畫過一隻陷落在沙丘、仰首向天的狗 —— 被棄、悲傷、孤獨、絕望，**這隻狗的困境不也是所有生靈的困境嗎？**

樹也是有靈魂的，你見過一棵悲傷而絕望的樹嗎？我確實見過這樣的樹，而且不瞞您，我也聽過石頭的啜泣。

4 月 29 日，週六

坐在公園的涼亭下，聽見幾聲粗嘎的鳥鳴：“啊，是喜鵲寶寶呢！”牠在草地上悠然漫步，繼而又飛上枝幹初試啼聲，其它幾隻喜鵲寶寶在空中橫衝直撞。

一個多月前，喜鵲太太邀我探看牠初生的寶寶，我飛上十五公尺高的枝梢探頭一望，哈、哈、哈、哈、哈，一共是五隻黃口小兒。

現在牠們都離巢學飛了，不，等一等！巢裡還有一隻呢，也許是最後破殼的老么吧？牠怯生生地跳躍在巢緣，在離巢不遠的枝梢盪著秋千。

明天，或許就是明天吧，牠將勇敢地跨出生命中的第一步，和哥哥姐姐們一起在天空追逐嬉遊。

德國茉塞河畔的高琴鎮，市郊有一處弱智者的安養院，依一棟古代的修道院而建，內有房舍、菜園、花園、葡萄園與葡萄酒作坊、動物園、教堂，凡經政府評估認可的弱智者均可安養於此，終生生活無憂。

我和朋友漫步在安養院，迎面走來了三位院民，兩男一女，年約四十歲，與他們的距離愈來愈近了，最後不得不面面相對的時候，有些尷尬，那三位走在當中的男士突然指著右邊的女士對我們說："她是我的女朋友。"又指著左邊的男士："他是我的好朋友。"三個人笑容滿面地伸出手，緊緊握住我們的手。

他們的笑容如此燦然，因為有愛，純真而坦誠的愛，不必隱藏，沒有驚懼與猜疑，不怕傷害與被傷害，不需患得患失，或是遠赴天涯海角尋尋覓覓。

愛不在遠處，愛在任何遙遠的這裡。

《山海經·海外西經》："刑天與帝爭神，帝斷其首，葬之常羊之山，乃以乳為目，以臍為口，操干戚以舞。"蚩尤與黃帝大戰敗於涿鹿，被戮死，刑天為蚩尤報仇，亦與黃帝戰，雖被砍去了頭，但仍然不死，永不服輸；陶淵明讀《山海經》哀憫其志，而作詩曰："刑天舞干戚，猛志故常在。"

記得年輕時讀史，黃帝與南方蠻夷的首長蚩尤爭戰，得道者多助，風神、雨師、霧伯等都來為黃帝助陣，因此大敗蚩尤，中華文化得以存續云云，殊不知存世之記載殊異，遠古歷史先是南北爭，其後是東西戰，至秦始皇併滅六國，所謂之大一統中國才於焉具形。

蚩尤與刑天，是落敗一方的兩位悲劇英雄，英雄永遠不死，蚩尤的精氣化身為楓樹，而刑天仍然揮舞著兵器、叫著陣哪！

7月7日，週五

走在前往公園的路上，前一百公尺我想著塞尚（Paul Cezanne, 1839-1906），後一百公尺我想著席勒（Egon Schiele, 1890-1918），若是依照史作檉的說法：塞尚是藝術家，席勒是畫家。但我反對，我以為塞尚是沈思者，而席勒是畫家；塞尚沈思著存在的實相，他用歸納法，把紛繁的萬象歸納為幾何圖形，而以圖象展現之。

上帝是以堆積木的方式來創造世界吧？

塞尚是作畫的思想者，而席勒呢？這位克林姆（Gustav Klimt, 1862-1918）的學生，26歲就死去的浪蕩子，以縱恣的線條來表現感官的世界，他是畫家。

今晨我在公園畫了塞尚式與席勒式兩張素描，一位老先生走過來，他讀過我的書，像發現新大陸似地對我說：

"我知道你幾歲了？我從書裡就看得出來。"

"我一千歲了。"我搶著回答。

那時我想到紀伯倫（Kahill Gibran, 1883-1931）在出版《先知》（*The Prophet*）之後對來訪者說："那是我思考了一千年的結果。"

被釘在十字架上的耶穌，承受著身心巨大的痛苦，痛苦為什麼這麼巨大？以致這麼難以承受？因為祂所擔下的乃是全人類的痛苦。

神子在臨終之前，仰首向天呼喊著："以利！以利！拉馬撒巴各大尼？"（"我的神！我的神！為什麼遺棄我？"〈馬太福音〉27:45-47），在那一瞬間，祂被巨大的孤獨與絕望淹沒了。

但神子終於超越了這一切，回歸永恆的生命。

在這棵烏桕樹的軀幹上，我看見耶穌的五傷，肉眼可見的是它右脅下的傷口，足踝上的傷口呢？深埋於大地之中，手掌上的釘痕呢？橫呈於無垠的宇宙。

7月11日，週二

"大樹仙人"的故事不是我瞎編的，它來自佛經，我稍微改動了一點：

在很久很久以前，有一位仙人，他入定的功夫很是了得，常常一入定便是千年之久。有一次在入定時，一隻鳥兒從仙人的頭上飛過，遺落了一顆樹的種子在他的肩膀上，這棵種子吸收了日月的精華，長成一棵俊偉的大樹，這大樹的根牢牢盤結在仙人的肩膀上，人們看了嘖嘖稱奇，大樹仙人的名聲乃不脛而走。

後來飛來了一對雀鳥，在大樹上結了個巢，產了卵，孵育起幼雛來……。有一天仙人出定了，他發現自己的肩頭長了一棵大樹，大樹上有一窩尚不會飛的幼鳥，他心想："我還是繼續入定吧，以免傷害到樹上的幼鳥。"

正當仙人準備入定時，眯著眼看見不遠處有一位絕世的美女，一時凡心大動，赫然站起身來，前去追趕美女，他嫌肩上的大樹太累贅了，一把扯了下來，鳥爸爸和鳥媽媽嚇得驚飛逃逸，巢中的幼鳥全都摔死了。

7月15日，週六

我的老朋友烏桕樹默默承受著痛苦，成千上萬初生的小椿象叮咬著它，牠們還翻開老樹的皮，藏在樹皮裡躲避烈日的燒烤，可憐的烏桕樹遍體鱗傷，它能逃過此劫嗎？

或許它欣然如此？"願得廣廈千萬間、庇我天下寒士俱歡顏"，杜甫的宏願也就是烏桕樹的胸懷吧？

7月21日，週五

一棵樹，為什麼要把自己分成這麼多的枝枝椏椏？後來看了愛默生（Ralph W. Emerson, 1803-1882）在1837年的演講詞〈美國的哲人〉，我才恍然大悟：

It is one of those fables, which out of an unknown antiquity, convey an unlooked-for wisdom, that the gods, in the beginning, divided Man into men, that he might be more helpful to himself; just as the hand was divided into fingers, the better to answer its end. (from *American Scholar*)

有一個寓言，出自不知年代的遠古，傳達著意想不到的智慧，它說原來就只有一個人，諸神為了讓這一個人更能幫助自己，所以把這一個人分成許許多多的人，就如同一隻手分成五根

手指，更便於達成目的一樣。

這篇〈美國的哲人〉演講詞，被視為美國在文化上的獨立運動，有別於歐洲舊大陸的舊思維，它是美國立國精神之所依據，至今它是美國高生中必讀的一篇文獻。

我知道了！一棵樹把自己分成眾多的枝椏，是為了可以獲得更充足的陽光與空氣，這是樹的智慧，不像我們人類從一個人分成許多人之後，愈走愈遠了，甚至反過來，用自己的手砍掉自己的腳。

7 月 22 日，週六

不知道為什麼？看見這棵紫薇小喬木，不由得想起了唐朝的名妓張好好。

張好好，生唐朝晚期，身世坎坷，十三歲淪為官妓，因為色藝雙全，傾倒江西官場，時杜牧施施然來到江西任職，因為官閒事少，時時流連歡場，得以結識張好好，既傾慕之，又悲憫其身世。

杜牧是誰？就是那位自稱"落魄江湖載酒行、楚腰纖細掌中輕、十年一覺揚州夢、贏得青樓薄倖名"的詩人啊！但杜牧卻非薄倖，他懷著濃烈而真摯的感情走過一生。

結識好好六年之後，杜牧與她在洛陽不期而遇，那時好好已非官妓，為了生活淪為當壚，而杜牧自己也官運不順已然兩鬢斑白了，他感慨繫之，作了〈張好好詩〉一首，從好好初入風塵述至洛陽相見止，哀嘆兩人跌宕起伏的命運。（杜牧唯一傳世的親書墨跡即此張好好詩）

我仰頭觀此紫薇花，它美艷絕倫，高倨枝梢，人稱之為"縐薄紗桃金孃"，當其花老色弛，卻不免下墜塵泥，任人踩踏，如同張好好為謀生活而混跡市井一般。

杜牧五十歲離世，張好好亦不知所終。

啊！突然省悟為什麼看見紫薇竟想起了張好好？原來杜牧曾任職中書省，中書省別名紫微省，人稱杜牧為"杜紫微"。

7月26日，週三

紀伯倫在《沙與沫》中這麼說：

Life is a procession.

The slow of foot finds it too swift and he steps out;

And the swift of foot finds it too slow and he too steps out

生命是一支行進中的隊伍，

腳步慢的人跟不上隊伍，就退了出去；

腳步快的人覺得隊伍太慢了，也退了出去。

清晨在菜攤買了一袋蔬果，正要離去，瞥見一條非比尋常的絲瓜被棄置在角落，我把它揪了出來，種菜兼賣菜的農婦很不好意思地對我說："一直沒注意到它，就長成了這副怪模樣。"我熱切地說："我要買它！"農婦上了秤，說："四十元。"又立刻自動為這畸怪的絲瓜打了折扣："算你三十就好。"

我為這條非比尋常的絲瓜感到憤憤不平，為什麼僅值三十元？日本的光越在古物店看上了一只陶碗，一般人看去不甚起眼的陶碗，以光越的眼光卻是稀世珍寶，店主人暗自高興，終於可以把這只多年來乏人問津的舊物脫手了，他爽快地說："這碗值一百兩黃斤，算你八十兩黃金就好。"

光越喜孜孜地捧著陶碗回家，母親問他花了多少錢，光越把店主人的話誠實以告，母親聽了非常生氣："這只陶碗是無價之寶，絕非凡胎俗骨，你以如此賤價得到它，太對不起這只陶碗了，不行，你至少得補上二十兩黃金給店家。"光越聽了母親的話感到非常羞愧，就照著母親的意思辦了。

紀伯倫會如何看待這條絲瓜？

它既不是腳步太慢，亦不是腳步太快，生命是一支行進中的隊伍，並非一直走在康莊大道上，有時路彎曲，有時遇著髮夾彎，有時雷電風雨交加，有時銅牆鐵壁橫擋在前……。

絲瓜會為自己尋找生命的出路。

8月2日，週三

"樹啊！你在這裡等我很久了。"畫家塞尚說。

"樹啊！你穿透我的靈魂。"作家雨果說。

"我倚靠著一棵樹，感覺到它的呼吸，泉水在我身體裡泊泊流動著。"詩人里爾克說。

我走到樹林中，聽見所有的樹都在交談，它們在空中交談，也在地面交談，它們手牽著手，圍繞著我，跳舞。

8月8日，週二

今天有一位先生問我："為什麼你畫的樹與眼前的樹不太一樣？"

我答他："因為我不是用眼睛在看世界。"

藝術哲學有一個難懂的詞"抽繹"，抽是"抽離"，繹是"延申與聯結"。

所以我區分藝術工作者為兩類：一類為畫匠或藝匠，例如木雕一匹栩栩如生的馬，藝師自困尚且不足，還要把觀者也困在這可憐的木頭裡；另一為藝術家，藝術只是探尋與表達的工具，所欲探尋與表達的境界以人的五識無法進入，摩西在西奈山見到了神，別人問他神長什麼樣子？他說了嗎？或者他圖繪了嗎？不，沒有，他啞口無言，以人類極為有限的經驗與智慧是無法理解的。

藝術家或許表達了一點點。

但藝術家一旦走入存在的深處，他不能回頭，他一回頭，瞬間就會變成一根鹽柱。

8 月 11 日，週五

早晨只有三十分鐘的時間可以描繪樹群，所以只帶了兩支鉛筆 4B 和 HB，也沒帶橡皮擦，其實我討厭橡皮擦，我討厭那種精打細算、塗了又抹、抹了又塗、猶疑不決、進一步退兩步的人生；若是與人談到興高彩烈處，對方卻臉色一凝："可是可是……"又退回原點了，我會拂袖而去。

那"可是"就是橡皮擦，我週圍的人十之八、九都是橡皮擦。

在樹下坐定了，想起我的老師李嘯鯤，跟著他學習了七年，其中最受用、常縈繞我心的一句話就是："你不要這麼想，我要畫出一幅好畫，你應該要這麼想，我要把這張紙毀掉。"

一語驚醒夢中人！

唐朝的懷素和尚在成名之前捨不得用好紙，或是沒有錢買好紙，所以他在芭蕉葉上練字，他植有芭蕉萬株，其居處自號為"綠天庵"；依照我的老師李嘯鯤的評品，懷素的草書呈顯的是時間之美，尚缺空間之美，為什麼？我想或是因為他沒有毀掉什麼好紙吧？（不過，以唐朝的書藝，尚未發展到空間之美的境界。）

李老師要求我們用最好的紙，因此被我毀掉的好紙曾不知凡幾，我常設想：老師自己呢？以他今日的書藝，不論好紙壞紙，都可以化腐朽為神奇。（走筆至此，想起那些背著動輒數十萬元重型相機的仁人君子們，不禁哈哈大笑。）

如此，我抱著必死的心，言重了，只是一張紙之死，像個勇士般，有去無回地畫了三十分鐘，事後抒寫心中的感懷卻花費了兩個三十分鐘，畫完、寫完之後，心中仍餘波盪漾，久久久久不息也。

大死之後，方能大活。

8 月 12 日，週六

今晨公園裡有三隻狗，兩隻家犬、一隻自由犬，人類如果四足著地，與犬類的相似度可達到七成哩。

原本人類的祖先在樹上營生，故此進化為可屈曲的五指關節（這是大學一年級在人類學課堂上教授說的），可屈曲的五指關節對以後之製作並靈活使用工具是最大優勢。（但現代人多數時間在滑手機，所以可想見的未來，人類可能只餘一隻吸盤狀的食指。）

後來氣候變異，樹木枯死，人類被迫下地（這也是教授說的），在草原上營生，他得讓自己高一點兒，再高一點兒，再再高一點兒，才能看得見遠方虎獅等猛獸，生存的機會才大一些，因此他以兩足站立，挺直身軀。

前兩足空了下來，演化為手，可以搬運及儲藏，這一點太有利了！（狗狗也會搬運及儲藏，但全憑一張嘴，數量極為有限。）人類挺直行走之後，腦容量增大，聰明有智慧，演繹兼歸納，計算又經營，形而上且形而下，但有時卻是一腦子的壞水，倒不如狗狗的純真可愛。

至於尾巴，是狗狗貓貓表達情與意的工具，人類的尾巴呢？怎麼不見了？被嘴與面部表情取代了吧？其實我不太明白，為什麼人類不再需要尾巴了？

以上是一個體質人類學的觀點。

8 月 13 日，週日

每去一處，我總要看看眼前房舍的屋頂，看了屋頂，對當地的風土民情與審美趣味就大致了然於心了，譬如日本的合掌村，因當地雪重，故屋頂傾斜度甚大，猶如合掌狀，內斂且靜寂。

華人（廣義的中國人）素喜張揚，如《史記·項羽本記》所言："富貴不歸故鄉，如繡衣夜行，誰知之者？"但凡考上科舉作了官，總要回鄉興工動土，插旗懸匾，令遠近皆知，如徽商、晉商、閩商者流在外地經營卓有所成，也必要回鄉鳩工建宅以光耀門楣。

且看看屋頂吧！

西安，屋脊的兩端如黃牛的兩角，帶著一股黃牛的愚拙氣；到了安徽，屋角有點不安份了，猶如水牛的兩角，伸向天空的眾屋角似是兩軍在交陣中，帶著一股殺伐氣；愈往南走，大概是天高皇帝遠了，屋脊上的名堂愈是多了，什麼燕脊、馬背，連山牆也不得安寧，反正人世間的榮華富貴盡薈萃於斯，必要令人一覽無遺。

好沈重啊，台灣的廟宇幾乎都戴著一頂沈重的帽子，不，往往不是一頂帽子，而是好幾頂帽子重重相疊，想起禪語「頭上安頭」，宋朝道原禪師《景德傳燈錄》卷 19：「饒你道有什麼事？猶是頭上著頭，雪上加霜。」同朝黃庭堅《拙軒頌》：「頭上安頭，屋下蓋屋，竟巧者有餘，拙者不足。」

8 月 28 日，週一

打開物理學大師戴森（Freeman J. Dyson, 1923-2020）的書《宇宙波瀾──科技與人類前途的自省》（*Disturbing the Universe*），讀他的序言，不覺眼睛一亮，心為之開，終於聽見了真誠懇切的諍言：

「科技社群必須為都市社會與道德的沈淪負責任，如果科技繼續為有錢人製作玩具，奪去窮人工作的機會、漠視窮人的基本需求，加大並加深貧富之間的鴻溝……雖然不全是科技社群的責任，但它得負一大半的責任。」

　　我從小愛讀古典，絕句、律詩，有時也拿著古代的童蒙教本如《幼學故事瓊林》朗朗讀誦，不曾特意去記憶，時至今日某情某境現前，幼時誦過的詩文便自然湧出，如風吹過而漣漪生，可知書是沒有白讀的，它在不知不覺間內化為自己的生命，更因此而豐潤了生活。

　　但我之喜愛古典是有限度的，有些枯澀的文言真是令人卻之不恭，先賢胡適當年提倡白話文運動確實有其道理，每種運動的興起都有其不得不然的時代背景，彼時的文言寫作僵化已極，令人難以卒讀，所以我贊成且佩服胡適文化改革的膽識，但若是愈走愈偏激，陷入了死胡同仍不自知，那就可憐、可悲兼可恨了，後來胡適眼見文學上一些偏頗的怪現象，也為之呼嘆。

　　自古以來原本就是"為文"與"語體"並行，只是語體口說不入於文，但在禪宗的公案、燈錄裡就收錄了不少當時的語體，如《景德傳燈錄》裡，六祖慧能對前來追殺他的道明師兄如此開示："不思善，不思惡，正恁麼時，阿那個是明上座本來面目？"我們看得懂的是"不思善、不思惡……那個是明上座本來面目，"至於"正恁麼時"是什麼意思？我們不懂，因為那是當時的語體。

　　語體有其地域性、時代性，若跨越了地域、走出了時代便不知所云。

　　語文，是文化的載體，它有生命，需要著根、茁壯、伸展，有時也會病枯而亡，如"斯文"二字，見王羲之〈蘭亭序〉收語："攬者亦將有感於斯文"，"斯"為指示之辭，斯文即此文，如孔子之探冉伯牛病，哀嘆曰：“斯人也，而有斯疾也！”但後世“斯文”一詞另有他義，作“文化涵養”解。

嗚呼！台灣是斯文掃地了。

身為國文老師的我，每見昔日的學生手寫或口出俚俗（至於錯別字之連篇更不在話下了），就覺得是自己的羞辱；台灣文化淪為淺薄粗俗，再這麼下去，無處著根，視野愈狹，恐怕台灣人就只能看到自己的腳趾了。

文言為美，語體亦為美；若能文、白兼雜，穿越古今，和合一氣，則更是美中之美！走筆至此，想起歐洲最後的精神貴族茨威格（Stefan Zweig, 1881-1942）說的那個“回不去的世界”，心中突冒出唐人崔顥〈登黃鶴樓〉中兩句詩：“日暮鄉關何處是？煙波江上使人愁。”

什麼意思？知者不言，言者不知，你與我但相顧一笑罷了。

9 月 13 日，週三

桃子樹為什麼要這麼辛苦？

才熱熱烈烈地開過花，又急急忙忙地結著果；說到結果，兩三個果子便已足夠了，何苦結果累累？令自己不堪重負，連腰枝都沉墜到地面了。

我來採桃子，是在解除它生命的重負，採不完的桃子，就由它自己抖落在地；明年，再熱熱烈烈地開花，再急急忙忙地結果，結成一簇簇果子把自己壓倒在地。

桃子樹為什麼要這麼辛苦？

細草微風岸，危檣獨夜舟，

星垂平野闊，月湧大江流；

名豈文章著？官應老病休，

飄飄何所似？天地一沙鷗。

杜甫一生窮蹙，為謀衣食，為避戰亂，東泊西瀼，仍不得解生活與生命之憂苦，更休說一展抱負、救生靈於塗炭，他只有一支筆，以之書寫民生疾苦，但名豈文章著？中心痛苦自不待言。

這一年，公元 765 年，好友嚴武病死，杜甫依託無人，遂舉家東下，飄泊於岷江、長江之間，上詩〈旅夜書懷〉即寫於此時；風吹草動，月湧江流，天地宏闊，對映自身則是孤渺而淒苦。

五年之後杜甫病逝於湘江舟中，風蕭蕭兮江水寒，或即是那危檣獨夜舟吧？

中夜夢醒書此，草草。

10 月 27 日，週五

這是第二次了，走進峨眉山中的有機茶園，四隻壯碩的狗兒搖尾放行，據說四隻狗兒都有靈性，能夠品評人的善惡，我啜飲著走過三十年光陰的老茶，聽著茶園主人說著話。

她說：“在這塊土地上，每一個生命都有食物，而每一個生命都會為別的生命餘留一些食物。”

她說：“有些茶樹年復一年悄無生息，但突然間勃勃生發，有些茶樹年年遍發嫩芽，但幾年之後卻沈寂了下來。”

她說："有一天我站在茶園中，聽見茶樹在說話，它們說很高興在這裡，在這裡它們可以作自己。"

11 月 3 日，週五

關於時間的偉力，蘇軾〈寒食帖〉有句云："闇中偷負去，夜半真有力。"典出《列子·湯問》，愚公欲移山，至誠感動天帝，命夸蛾氏（巨人族）之二子，於夜半中把太行、王屋二山搬走了。

我們的青春，在睡眠中，在喧鬧中，在聚食中……，不知不覺地被時間這位巨人搬走了。

11 月 23 日，週四

難以忘懷的是：乘著火車，從東北海岸轉入都會區的剎那，愕然驚見人們像是蝟聚的白蟻，藏在一截截已然枯朽、了無生意的樹幹裡，而蜘蛛恣意地散布著牠的網。

11 月 24 日，週五

今日去茶園幫忙挖薑黃，淺嚐勞動的滋味，茶園的六隻狗兒穿梭在山間，狀甚歡快，一會兒之後我聽見哭聲，像是孩子的啜泣，哭聲中滿是恐懼、驚惶與急切，從山邊傳來茶園主人的聲音："啊，你怎麼掉下去了！"是那隻十五歲的老狗"大觀"，牠不小心掉落在十公尺深的山溝裡。

茶園主人攀爬下去，試圖拯救那隻哭著、仰望著她的老狗，但是坡太陡，土太濕滑，於是另一位女漢子也爬了下去，兩人一

推一拉，合力救助老狗脫困，我則焦急萬分地站在山崖邊。

哥雅（Francisco Goya, 1746-1828）畫過一隻狗，這狗兒陷落在沙丘中，孤獨而絕望地向上凝視著，是在企盼著救贖嗎？

最後呢？那隻老狗得救了嗎？

是的，兩位女漢子終於沒有辜負狗兒的仰望。

12 月 23 日，週六

在夜空中看見小丑，他只有半邊笑臉，我與他交談了一會兒，關於人類淪亡的三部曲 ——

第一部曲：代號 D.I.E.

人，坐在自我編織的巨網的中心，穿梭游移在四通八達的巨網，好不得意！但靈魂被黏著在細密的網絲上，抖顫著，無聲地喊著救命。

第二部曲：代號 PLANT

穿著、戴著電磁波感應裝置，那是充份的低階，再高階的是 "超微晶子" 植入趾端、瞳孔、皮膚、內腦或身體他處，如此同步即時的作用，其儲存、運算與處理的時效遠勝過人類自身的生理與思維功能。

第三部曲：代號暫祕

以上全屬小把戲，極超微的電磁短波，或無色無臭無味的化學氣體灌入大氣層中，即可掌控全體人類的思維與行為，個人不斷地為自己歸類、重組，展開對立與廝殺，或是最後集體自毀。（人類就像單細胞的原生蟲或細菌，盲目的吞喫、擴大，最後毀掉宿主，同時也毀掉了自體。）

沒錯，這一切進程全掌控在少數幾個人的手裡，最後連這一小撮人也被彼此銷毀了，宇宙重新陷於混沌 CHAOS，或僅存唯一的、永恆的人，他覺得生命空洞，了無意義，於是重啟一次人類的遊戲。

2018 年

1 月 1 日，週一

昨夜，跨年之夜，夜九點我吞下了一顆助眠藥，暗自許願：願我一覺醒來，發現自己置身在另一個星球上；在長睡了八個小時之後，我醒了，發現自己仍被困在這個烏煙瘴氣的地球。

1 月 4 日，週四

前日買了一朵白花椰，劈開，一條蟲兒悠遊在綠葉上，我把蟲兒和牠的世界輕輕地置放於樹蔭下。

今日又從市場帶回一朵稚嫩的青花椰，它青春的喜悅滿盈我的蝸居。

1 月 15 日，週一

吉朋（Edward Gibbon, 1737-1794）花費十二年光陰寫成的六卷《羅馬帝國衰亡史》（*The History of the Decline and Fall of the Roman Empire*），既是歷史名著，亦兼具文學的華彩，自出

版以來，歐洲學者、文人、智識份子莫不捧讀再三，書架上堂堂六巨冊，不知餵養了多少求知若渴的心靈。

在季辛（George Gissing, 1857-1903）的《四季隨筆》（*The Private Papers of Henry Ryecroft*）中，我讀到以下的描述：

"一個瘦弱的年輕人，痴迷地駐足在一家書店的櫥窗前，看哪，四開本初版的《羅馬帝國衰亡史》，多麼誘人，但他正餓著肚子，而且口袋裡的錢也不夠，天人交戰幾回合的結果，他決定回家取錢，他得步行穿過高高低低上上下下的街道，買下了書，分兩梯次搬回家，這樣一共來回走了三趟，最後他累得癱坐在椅子上，但是心中卻是無比欣喜。"（李霽野譯）

傻瓜，為什麼不搭公車呢？

因為沒有錢了，以後他都不曾搭過公車了，總是用兩條腿步行。

1 月 17 日，週三

六便士能作什麼？

展開《四季隨筆》春之卷第 3 節，季辛那時已蒙朋友慷慨的饋贈，過著舒服的好日子，有一天他散步經過一個荒僻之所，看見一個年約十歲的小男孩雙手抱頭靠在樹幹上痛哭，在花了一點時間和耐心之後，他弄清楚了，小男孩弄丟了六便士，那是父母差遣他去歸還債主的錢。

十歲的小男孩，不正是享受著快樂童年的時候嗎？卻因為丟失了六便士而哭得絕望，他一定哭了很久了，臉上的肌肉和四肢都在顫抖著。

他從口袋裡掏出了六便士，創造了一個奇蹟。

1月30日，週二

四天前一把鐮刀割下了它，斷了它與大地的聯結，當時它悲傷、絕望、萎頓，它的生命無所依歸，我留它在書房的桌案上，試著給予它一些生命的動機與動力。

這支芥蘭逐漸挺直了腰桿，伸展出枝葉，勃勃地生長著；看哪！它開出了三朵花，還有成簇的花苞呢！但為時不會太久，它將會凋謝，沈睡，睡在深之又深的睡裡，隨著四季的輪轉，甦醒，再沈睡。

哲學家迪卡爾（René Descartes, 1596-1650）說："動物是沒有靈魂的。"（有一段很長的時間，人類中的某些種族認為：別的種族是沒有靈魂的。）所以身為萬物之惡的人類除了自相殘殺，更可堂而皇之地大肆屠戮、凌虐各種動物。

文學家雨果（Victor Hugo, 1802-1885）說："當你望進一隻狗的眼睛，你不能說狗是沒有靈魂的。"你也不能說植物是沒有靈魂的，在植物的每一朵花、每一片葉子裡，都住著小小的精靈。

2月1日，週四

清晨，在凜烈的寒凍中，我在樹林裡埋葬了一隻碩鼠。

昨天就看見牠，死在某里民活動中心兼養生餐廚房的門前，是被毒殺的？還是死於寒凍？隔了一天，牠仍然僵臥在原處。

我把牠帶往城市的邊緣，掘了一個坑穴，讓牠安息在樹林裡；臨走時，想起哲學家叔本華曾自信滿滿地說：「人們將為我樹立豐碑！」

有何不可？我揀來一截枯乾的樹幹，豎立在這位不知名的朋友的墓前。

昨天讀到季辛《四季隨筆》秋之卷，他說他喜歡流連在鄉村的墓地，逐一讀著碑上的文字：

「活著時的苦惱和憂懼都過去了，現在總算是得到了平靜和安慰。」

「死者在樹葉籠罩的靜默中，似乎向流連於此的人們低聲鼓勵著：你們將來也會這樣，看看我們的寧靜！」

季辛自己在不久之後也安息於永恆的寧靜了。

我為這隻碩鼠所尋得的安息地很美，和托爾斯泰在樹林中的墓地一樣地美，甚至比托爾斯泰的更美，因為不會有任何人來打擾牠永恆的寧靜。

2月3日，週六

寒流來了，冷嗎？不，我有書與音樂為伴。

2月4日，週日

有一本書《失去影子的人》，比《浮士德博士》更為深中我心，男主角施雷米爾用自己的影子與魔鬼達成交易，換得一只永遠裝滿金子的錢包，此後施雷米爾即使作了很多善事，也不見容於人的社群，因為他沒有影子，他被人驅趕，到處流浪著。

魔鬼再度出現了，提出第二個交易：施雷米爾用靈魂換回影子，但是施雷米爾不允，他堅守自己的靈魂。

可怕的是，施雷米爾後來發現：在這世界上，與自己有著相同遭遇的人彼彼皆是，但絕大多數的人尤其是富人，其實是沒有靈魂的，因為他們早就和魔鬼達成了第二個交易。

施雷米爾最後的忠告是：“如果你想活在人群裡，首先你得*珍惜你外在的影子，至於內在的靈魂嘛，倒是無關緊要。*”

我走出家門，在茫茫黑霧中，在街燈下，看著自己暗淡的影子，忽左忽右忽前忽後，哈，我有影子，但我的靈魂呢？

你是沒影子、有靈魂的人？還是有影子、沒靈魂的人？

或者你不曾與魔鬼作過交易？

3月3日，週六

你見到了今晨的朝陽嗎？我無法形容它的美，除非你親眼目睹。

哥德說：“*看得見美的靈魂，往往踽踽獨行。*”我是幸運的，我在公園，獨自一個人，我聽見了，也看見了。

當我佇立在樹下時，我聽見了三種不同的鳥鳴聲，我漫步在草地上仔細搜尋著，發現了至少十九種野生植物，有的知其名，有的不知其名，但有什麼關係呢？只有人類才需要名字，而且人類不正是因此而被逐出伊甸園的嗎？

你見到了午後的陽光嗎？

我無法形容它的美，除非你像我一樣，獨自坐在公園的長椅上，數著鴿子。

貝多芬在 1803 年寫了一首 D 小調鋼琴奏鳴曲，朋友問他寫的是什麼？他隨口應道：“你去讀讀莎士比亞的《暴風雨》就知道了。”因此這首鋼琴奏鳴曲被世人命名為〈暴風雨〉。

我喜愛貝多芬這首奏鳴曲，第一、二、三樂章都喜歡，因此我去讀了莎士比亞的劇作《暴風雨》，那是莎翁最後的劇作，被世人形容為“如詩的遺囑”。

那音樂是貝多芬讀後之心境，從雷電暴雨歸於祥和寧靜，終而與萬物和合，我是這麼想的。

在公園裡，撞見一棵樹，樹幹裡藏著一張人的臉，像被擠壓扭曲的臉，又像引人發笑的鬼臉，令我想起莎士比亞的劇作《暴風雨》。

“為何興此聯想？”若有人問。

“你去看看莎士比亞的《暴風雨》就知道了。”

3 月 31 日，週六

詩人即將蒙上帝召回，他的仰慕者環立床畔，哀哭著：

“您再也不能賦新詩給我們讀誦了嗎？”

“誰說的？”詩人張開閉著的眼睛。

“等我上了天堂，還是會繼續作詩的，也一樣地讀誦給你們聽。”詩人說。

“真的嗎？可是，我們接收得到嗎？”眾人不約而同地問。

“天空灑下一陣金雨，風兒拂過樹梢，雲彩在天空游行，小鳥在枝頭跳躍，溪流在細細低語，大海歡呼飛騰，草原上野花成團成簇,一條蟲子爬過的痕跡,陽光在露珠上閃閃爍爍,蚜蠅在耳邊嗡嗡作響⋯⋯"

"這就是我作的詩啊!"

4月1日,週日

不管報紙所呈現是如何的低俗而且謊話連篇,我還是每天買一份報紙,如果幸運的話,在腐臭的穢物中偶而會發現閃著光的珍寶。

今天清晨在滿紙垃圾中看見了一顆珍珠,作者李艾格寫的是雕塑大師賈柯梅蒂(Alberto Giacometti, 1901-1966)的作品〈行走的人〉(*Walking Man I*),反映第二次世界大戰後歐洲人的憂慮、恐懼與孤獨。

我很好奇,在戰後的六十年之後,若賈柯梅蒂還在人世,他將如何呈顯現代人所處的情境?"我無法畫出我所看到的世界。"大師明白自身與人世的瞬息萬變。

啊!朋友,我在月亮上,經過你的窗口,流連了許久許久,我輕輕地抹去你面頰上的淚痕,直到天明時才依依不捨地離開。

4月16日,週一

每個父母有各自的盲點,而戀愛中的人幾乎是全盲的。

4月17日,週二

清晨,園子裡開出一朵茉莉花,她悄悄洩露著自己的芬芳。

"如果枯老是生命的必然,你願枯老於群花之中?還是枯老於寂寥？"我問她。

"我願枯老在你的關愛裡。"她如此答。

我摘下她，帶回我的書房。

4月27日，週五

一把好椅，一本好書，一個陽光普照的僻靜角落。（這語氣像是季辛）

4月28日，週六

在北美洲春天的森林裡，首先甦醒的是黃色的"鱒魚百合"（似鱒魚的葉片，六根細的手指，棕色的雄蕊），她他（雌雄合體）揉著惺忪的眼睛："我醒了？還是在作夢？"不久之後，她他又幽然地睡去。

5月1日，週二

在樹林的地面上，在層層舖疊的枯木與枯葉中，住著許多小小的精靈：印第安人精靈、小鳥精靈、花之精靈、魚之精靈……，它們藏在靜默裡，唯恐被人發現。

5月5日，週六

最有智慧的人，不是把別人看得清清楚楚，而是對自己的一言一行、起心動念明明白白。

5月6日，週日

在紐約植物園演出的弦樂四重奏，第一曲是巴哈的〈G弦的旋律〉，讓我驚嘆的是：擺在樂譜架上的竟是 iPad，這會讓巴哈大吃一驚吧？

5月19日，週六

在一場突發的狂風暴雨中，樹木摧折了，花兒凋零了，只有低矮瘦小的花在暴雨之後綻放笑顏。

5月22日，週二

山谷百合，又稱鈴蘭、風鈴草、君影草，清姿秀雅，香氣馥鬱，有毒性，是芬蘭的國花，關於它的傳說很多：

一說是聖母哀悼聖子的眼淚落地而成，故又稱"聖母的眼淚"。

一說是白雪公主的珍珠項鍊斷了，散落了一地。

又說是七個小矮人所提的燈籠。

在歐洲，此花象徵著"幸福的擁有"，每年五月一日大家互贈此花，一串花通常是 8-12 朵，如果你能找著 13 朵的花串，那麼你將擁有"幸福中的幸福"。我尋尋覓覓，只找到 12 朵的花串。

5月25日，週五

這種生長在海濱沙地上的植物，如何獲取水份與養料？如何抵禦強勁的海風？我心裡疑惑著，輕輕拔出這沙地上的植物，想要察看它的根系，卻發現：它的根牢不可拔！原來它存活的祕密就在這裡。

5 月 26 日，週六

在海邊看見一棵被狂風拔倒的樹，想著 Henry James（1843-1916，美國小說家）在《仕女圖》（*The Portrait of a Lady*）中的名言："There are moments in our life when even Schubert has nothing to say to us......"（生命中也有連舒伯特都無言以對的時候。）

這棵倒地的樹仍然翹首向天。

5 月 29 日，週二

展開臉書，千帆過盡。

有人專貼吃、喝、玩樂，有人喜歡唸經，佛經、聖經、道德經、媽媽經、婆婆經......，有人勇敢地跳入時代的洪流，提出對政治、社會、教育......的針砭，往往不惜千言，但該看的人永遠不看，聽說年輕人最多只看三行文字。

這是人與人交集與聯結的方式，很少人打電話聊聊了，更別說面對面談談了，網路鋪天蓋地，但我總覺得是咫尺天涯。

齊果爾（不是齊克果喲）說人大約分為三種：

第一種人，生命是有意義的有意義，逐步踏實。

第二種人，生命是空洞的。

第三種人，生命是空洞的，自己明白。

第一、二種人活得快樂，第三種人活得痛苦，很不幸地我是第三種人。

6 月 2 日，週六

前些時從湖邊經過，看見一叢叢可愛的小藍花，不知它是何方精靈？直至最近才知道它的芳名 "野生勿忘草"（Woodland Forget-me-not）。

關於它的得名，在德國如此流傳著：上帝為所有的花都取好了名字，唯獨漏失了一朵小花，也許是因為它長得太小了，上帝沒有注意到它。

"噢，我的上帝！請不要忘記我。" 小花著急地說。

"噢，那就是你的名字，勿忘我。" 上帝微笑著。

另一則也是德國的傳說：一位騎士與他的未婚妻在樹林裡散步，見河邊有一叢可愛的小藍花，騎士走到岸邊，採下小藍花想獻給未婚妻，卻一不小心跌進水裡，他把手中的小藍花拋到岸上，大叫 "Forget me not!" 隨即被激流沖走了，傷心的女孩把小藍花插在頭髮上，那花兒的藍色永不消褪。

那永不消褪的小藍花，代表著 "永恆不移的愛情" 與 "永誌不忘的回憶"。情人節時，要彼此互贈 "勿忘我"。

6 月 5 日，週二

穆罕默德說："全世界的書均可付諸一炬，只要《可蘭經》長存！"

基督徒也可以說："全世界的書均可付諸一炬，只要《聖經》長存！"

佛教徒也這麼說："所有的佛經都滅了，只剩下《阿彌陀經》！"

在美國康州木橋鎮的圖書館，正舉行著一年一度的舊書拍賣，統一價格，大人書一本十元，小孩書一本一元，空氣中瀰漫著濃重的濕霉味，我很快地繞了一圈，遇見了《星星小孩》(*Star Child*)，把它帶了回來。

7 月 4 日，週三

同樣的一件事，可以作不同的表達。

比方說，中國人最朗朗上口的一句話："人不為己，天誅地滅！"把人性的自私說得如此天經地義、理直氣壯。

但是，好像是莎翁說的吧？"自私是可以被原諒的，因為那是人性中永遠無法治癒的一面。"

7 月 13 日，週五

聽見一聲聲促急的鳥鳴從窗台傳來，是一隻雛鳥攀附在窗台的欄杆上，牠恐懼卻安靜，動也不動，牠的爸爸，一隻紅嘴黑鶇鼓翼在空中焦急地叫著："快啊，努力啊！"但幼弱的雛鳥累了，一鼓翼恐怕就會墜落地面。

這場鬧劇在我的窗台持續了十分鐘，現在鳥去台空，只聽見汽車的轟鳴。

7 月 17 日，週二

我是這樣消暑的：比利時的啤酒，波蘭的蕭邦，魯賓斯坦的演奏。

7月20日，週五

民初才子錢鍾書有一本集子《人獸鬼》，其中有一篇妙文〈女人是貓〉，看了令人莞爾，但不論"女人是貓"或是"貓是女人"，兩種比喻都會讓貓深為不屑，因為貓遠比女人耐品得多。

朋友說："養隻貓吧！貓嫻靜優雅，你幾乎感覺不到牠的存在，可是牠又無處不在。"因此我養了一隻貓，但我發現貓不止於此，首先你得承認貓是有情緒的，其次你得尊重貓的情緒，再其次你得剖心掏肺地去安撫貓的情緒，不然貓會攪得你生活大亂。

我的貓，除了嫻靜、優雅、耐品，含藏著千萬種令我摸不著頭緒的心思，牠還是一位甚深稀有的生活藝術家，貓或許是覺得我的生活太方方塊塊了，因此牠特為我作了美妙的調和。

7月24日，週二

春秋戰國時代，在荊楚地區流傳著一首民歌〈孺子歌〉："滄浪之水清兮，可以濯我纓；滄浪之水濁兮，可以濯我足。"孔子、孟子都聽過，而且也都引述過；屈原在投江自殺前，曾見過一位漁夫，漁夫也引此歌勸慰屈原："滄浪之水清兮，可以濯我纓；滄浪之水濁兮，可以濯我足。"然後鼓枻而去，屈原聽此生意滅絕，遂投了江；約七百年後有陶淵明，清介不群，寫〈歸園田居〉有詩句云："山澗清且淺，可以濯吾足。"

究竟應以濁水洗腳？還是以清水洗腳？

為什麼屈原聞孺子歌遂了無生意、奔赴江流？

而陶淵明卻躬耕南畝、采菊東籬，得其天年？

兩人同在哪裡？異在哪裡？

我參了又參，參了又參，終於了悟。

唉，我要用濁水洗腳？還是用清水洗腳？

8月15日，週三

擬屈原、陶潛唱答：

迴車兮大山之背，

遙望彼白雲帝鄉。（屈）

俟河之清兮無期，

盍不委運任去留？（陶）

8月17日，週五

一隻椿象正在享受牠的無限暢飲，還有第二隻、第三隻、第四隻……，老烏桕樹遍體斑斑傷痕。

"您承受得起這樣的損傷嗎？"我憂慮地問他。

"無妨，你看，還有螞蟻在我身上築室而居呢！"他微笑著，抖了抖身上的枝葉，我仰視他，他的面容愈趨蒼老了，而枝幹卻愈為高聳而壯碩。

8月18日，週六

地球在燃燒，地球上的旅遊也在燃燒，在空中飛，在地上穿梭，人群大量地蝟集與移動，這是二十一世紀的現象，百年前的人絕對想像不到。

前日讀李清志先生的"名人堂"專文，談及旅行，他說旅行可以分成幾個階段：

初階的旅行，是購物與吃喝，滿足物慾與食慾。

第二階段，追求知識與不同的身體經驗（如健行、攀岩、履冰、朝聖⋯⋯）。

最高層次的旅行，追求寧靜與孤獨。

他並引用了法國哲學家巴斯噶（Blaise Pascal, 1623-1662，恰好是我近日最感興趣的哲學家）的話："人類所有的問題，都源自於人無法獨自一人安靜地待在房間裡。"誠然，那是人類恐懼與焦慮的來源，你沒注意到嗎？每當人們旅行到一個新的地點，莫不焦急而慌亂地尋找網路聯結，當接上網路的那一瞬間，安心了。

我也常自問："我為什麼要旅行？"

8 月 20 日，週一

今年的盛夏似乎沒有聽見蟬聲的嘶鳴，蟬爬出殼居，上樹，通常存活三週，雄蟬於交配後死亡，雌蟬於排卵後死亡，每年的盛夏樹下多的是墜地的蟬，但今年我只見到一隻，繼之再想：今年不但不聞蟬鳴，連氣勢雄壯的蛙鼓聲也是疏疏落落的，怎麼回事？

想起瑞秋・卡森（Rachel Louise Carson, 1907-1964）的書《寂靜的春天》（*Silent Spring*），現在連夏天也是寂靜的？

最近許多生命在消逝中。

"啊！死亡天使！"我驚呼。

"不，我是永恆天使。"祂微笑。

一本書，往往不僅是一本書，它是夜空中一顆閃爍的星星。

一位作者，往往不僅僅是一位作者，他是天使、精靈、魔術師……，當這位作者在人間消失了，他將飛往自己的星群，漫步在宇宙中。

今日我們以書會友、以心靈交流，共度了一個美好的午後。

結論是：中文是世界文化中最優美、意蘊最深厚的語文，我們絕不能讓它被俗化、被簡化、被羅馬拼音化……，被扔棄在世界的邊陲。

以德文寫作無比優美的茨威格說："中文是唯一的語文，其它的語文僅是符號。"

醒來！玫瑰色的晨曦輕聲喚著。

花兒綻開了，金光灑在樹梢上，蝴蝶遲疑著是否要啟動雙翼？濃蔭中的鳥兒方從夢中醒來，露珠已經展開了草地上的遊戲，而城市仍在酣睡著。

我站在高樓上遠眺，想像著大地上的騷動與靜寂。

10 月 31 日，週三

C'est la vie，生活就是這樣，怎樣？就像是你舉頭可見的斑剝的天花板，而重要的是：你得為自己的生命去尋找意義（你得為自己那口井充溢甘冽的水），各人生命的意義或許不同，但我們都可能殊途而同歸。

11 月 15 日，週四

以前大家都讀過威爾・杜蘭（Will Durant, 1885-1981）寫的《哲學的故事》、《人類文明的故事》，若不曾讀過，大概也聽說過吧？那是一個物質匱乏的時代，但出版社不吝於匯聚精英、投注資金迻譯為中文，大饗莘莘學子的胃口。

那是一個美好的、令人追憶的黃金時代。

臨老的我，此時迫切地想要閱讀這位歷史學者在高齡九十時所撰寫的肺腑之言《落葉》（*Falling Leaves: Last Words on Life, Love, War, and God*），那是他對人世最後的深情一瞥。

現在即將讀完《落葉》一書了，不禁深深嘆息著："不知歷史，如人之盲瞽，如陸之將沈，其國恆亡！其斯時、斯國之謂歟？"闔上《落葉》，閉目思之，書中究竟有哪些文句深印我心繚繞不去？記錄於下：

"人類的自由必須有所限制。"

"國家，這個空洞的、沒有靈魂的東西，吸乾了我們靈魂深處的平靜與喜樂。"

"父母把子女送進教育集中營，再移到另一所教育集中營；這些孩子長大之後，也把自己的子女送進一所又一所的教育集中營。"

　　"人類的第一天性與原生蟲類同，對於眼前之物，它會伸出偽足，包覆，攫取為己有。"

11月23日，週五

　　上帝造好了人的身體，分為"男性與女性"或"雄性與雌性"兩種（大部分的生物分為這兩種，非常標準化），之後上帝再把靈魂塞進人的身體裡，但是上帝塞進每具身體裡的並不是一個完整的靈魂，而是半個靈魂，所以人終其一生都在痴迷的、盲目地、不知所以地尋找自己另一半的靈魂。

　　以上是希臘神話。

　　以下是我上下古今中外，深切觀察了無數靈魂之後，為世間紛繁萬象所作的解釋：我發現絕大多數的靈魂一直在地球本土打轉（較為粗劣），而少數靈魂則來自天堂或宇宙中其它遙遠的星球，彼等比較細緻而敏慧，不追求功利物質，具有極高的創造力。

　　人體分兩種，而靈魂千百種。

　　更妙的是：原為一個的靈魂，被切為半，那成對的半個靈魂未必被上帝嚴謹地塞進一對異性的身體裡；我想上帝若不是隨機運作，就是故意如此，祂希望這個世界具有多樣性，所以祂藉由兩組變數創造出無窮無盡的可能性。

2019 年

3 月 2 日，週六

關於臉書：我所看到的半是假相，另半張臉隱藏在黑暗裡。

至於 MSN：若是能面對面，何必在 MSN 上你言我語？

LINE（一串燒）又如何？

3 月 6 日，週三

王國維自沈昆明湖，陳寅恪趕去探視，歎息曰："人生實難。"

近日讀陶淵明〈自祭文〉，其語道："人生實難，死如之何？"突省悟：昔日學者飽讀詩書，凡出口必成章，且有典有實，原來陳寅恪此語從陶淵明出，而陶淵明又從《左傳》成公二年出，古人與今人竟心心交映如此。

有庸妄者據陶淵明自祭文此八字，即判陶淵明為一厭世哲學家，非也！非也！讀竟陶淵明自祭全文，知其樂天且達觀。

近年來我已極少讀書了，偶讀陶集，竟能在陶公這裡撞見陳寅恪、王國維諸先賢大儒，可算是稀有的幸運了。

4 月 14 日，週日

"梵谷是狂野的嗎？"今晨見報標題如是。

一般認為梵谷的繪畫直接來自於他的靈魂，但他同時也饑渴地飽讀詩文與科普，如春蠶吐絲般轉化為自己的生命，所以一個卓爾不凡的靈魂也需要多讀書、多讀書、多讀書，但現代人不讀書，只是滑手機、滑手機、滑手機，若梵谷再來人世，恐怕會更孤憤了。

6月9日，週日

一隻鴿寶寶誕生了！噓，小聲一點，為什麼？不要讓縱橫跳躍在樹上的松鼠聽到了，還有伶牙利爪的貓，潛行無聲的蛇……，願牠隱在濃蔭的深處，不要出聲，靜悄悄地長大，直到振翅飛出藏身的老巢。

6月21日，週五

我一直懷疑當我不在家時，有位神祕的訪客進進出出，在前陽台留下了一些蛛絲螞跡。

昨天我終於見到了這位意外的訪客，一隻野鴿，稱牠為意外的訪客其實只是我的自作多情，顯然牠意不在我，只是憑藉我的窗台極目遠眺罷了。

牠若是咕嚕咕嚕地唱起歌來，以我的猜想，是在吟誦著這一首詩吧：「白日依山盡，黃河（頭前溪）入海流；欲窮千里目，更上一層。」然後撲翅鼓翼，從我這十八樓飛往十九樓。

有翅膀真好。

7月5日，週五

在暴雨中駕車攀行上山的小路，終於登上了大山之背！為了避雨，在高頂農莊飲了一杯 unforgetable coffee。

這些日子以來，我一直在審慎地思考著：是否要出來競選國家的總統？以為我國的同胞與未來的子孫謀求最大可能的福利。

想起柏拉圖的共和國，一道曙光閃過腦際！我突然省悟了：唯有我自己，才是最稱職的國家領導者，我幾乎完全符合柏拉圖所提出的條件。

然後我想起馬其頓的亞歷山大大帝，他是亞里士多德的學生、柏拉圖的再傳弟子，他舉劍斬斷了"哥登結"，顯然十足地欠缺仁愛與智慧，而我才是那位能夠解開哥登結的救世者。

再然後，我想起儒家的處世智慧：天下有道則仕、無道則隱，反向行之亦可：天下無道則仕、有道則隱。孔夫子處於無道之世，並非乘桴浮於海，而是栖栖皇皇奔走於列國，冀能有所用於世，噫，微斯人，吾誰與歸？

如此思之思之，我終於決心將有所用於我所至愛的同胞們。

7 月 23 日，週二

經過一番廣徵博詢，我獨排眾議，決意敦請我的一位至交好友作為競選的夥伴，我們倆如能獲致選民的託付，展開經國大業，將互為表裡，伸展雙翼，引領吾國吾民步上康莊大道。

現在，我謹向大家介紹我的副手夥伴，請登場，米格魯先生！

如眾所知：我的朋友米格魯先生是一隻盡忠職守、不畏權勢的緝毒犬，我將託付於米格魯先生的第一要務將是：肅貪除弊，端正政風。

唉，可惡，現今政府的行徑，上自中央，下至地方，其豪奪、巧取猶如混世魔王，而米格魯先生嗅覺靈敏，行動迅捷，哈哈，堪為肅貪除弊的不二大將。

7月25日，週四

我明白：人非聖賢，孰能完美？

上帝造人，為之設計出一對手臂、一雙眼睛、兩隻耳朵……，莫不是雙雙對對，此完全出自於上帝的善意，但為什麼唯獨嘴巴僅只一張呢？全知、全能、至善的上帝必有其不得不然的理由吧？

我從不以為自己完美無缺，而米格魯先生的優點恰好可以彌補我的缺點，牠活潑、熱情，尤其擁有永不窮竭的精力。

米格魯與我，我與米格魯，一位夢想家與一位執行家，堪稱完美的搭檔，上帝的雙臂。

我之所以欣賞米格魯先生，其實另有一個祕密的緣由，牠的毛色，非藍、非綠、非紅、非黃，而是白、土棕與黑三色相配，柔和而令人怡悅。

8月15日，週四

雖然這個世界冷著臉，對我不理不睬，但我還是想送給這個世界很多禮物，不斷地、不斷地送出禮物。

今年的聖誕節，也許你會收到我送的禮物，一本可愛的圖畫書。

10 月 3 日，週四

又要搬遷了，人生如寄，處處無家處處家，不是嗎？尤甚者，人苦為外物所累，現已老朽，不堪其重，是該痛作斷捨離的時候了！

檢視自己的所有，最沈重的是碑帖，若非尚存有一念：未來可能有傳人，不然我早就全數放棄了；書法是文化大業，非一、二十年不為功，朋友直語打破我的迷夢：「現在？不可能哪，你還是扔了吧！」所以，我現在好生掙扎。

再其次，是音響與音樂，它們之中有些伴了我四十年，而我現在卻得諸葛亮揮淚斬馬驥？

罷了，罷了，以後的我就一肩明月、兩袖清風，把盞笑談古今，人生無論是成、是敗皆是空，不是嗎？

唯願月光長照金樽裡。

10 月 6 日，週日

完全不同於老子的小國寡民或是陶淵明所嚮慕的桃花源，成串的鑰匙所顯示的是：便利的現代生活與複雜詭譎的人際關係。

鑰匙，是困縛，不是開解。

網路與病毒，俱是看不見的敵人，它們潛行無聲，偷天換日，而網路尤比病毒可怕百倍，你會預防、抗拒病毒，但是你雙手歡迎網路，它洗劫你的身心，漫天蓋地的挑起你的慾望並散布仇恨。

人類之淪亡，必由於這二者。

10 月 7 日，週一

蘇軾如此讚譽韓愈："文起八代之衰、道濟天下之溺。"當我處於不解事的少年時代，對韓文公頗有些厭膩，因為得熟背他的〈師說〉、〈祭十二郎文〉、〈進學解〉，直至今日我還能朗朗上口："聖人無常師，孔子師萇弘、師襄、老聃。……聞道有先後，術業有專攻"。

現在的我倒是慶幸少年時沒有荒廢歲月，多少浸潤了一些中華文化的精髓，心中總是油然現出韓愈〈祭十二郎文〉中的文句："吾年未滿四十，而視茫茫，而髮蒼蒼，而齒牙動搖。"據說韓愈晚年時（他只活到 57 歲），作有〈落齒詩〉，他每年落一顆牙，張開嘴便現出一個無底的黑洞。

聽莫扎特的音樂，總覺得他應是明眸皓齒、青春洋溢，實情則是他 37 歲英年早逝，死前筋骨衰敗，一口爛牙。

10 月 9 日，週三

從三千年前的古代以至今日，一個問題依舊，即孔子在《論語・季氏》篇所指陳的"不患寡而患不均"。

某些人太多，某些人不足，某些人一無所有。

尤其在近現代世界，工商主義佈下了天羅地網，消費主義為之幫凶，驅趕人們集體入網，人們落入慾望的黑洞，被撕裂、鯨吞、蠶食。

我有一位朋友，他的衣櫃疏朗怡人，一律掛著七套衣物（週一至週日），隨著四季的輪替而變換著，所以一共是 28 套，我很傾慕這種人。

我試著學他，以七為限，把多餘的衣物不論新舊捐給慢飛兒二手商店，這乃是上帝的慈悲，祂創造出慢飛的天使，以解決人類無法解決的問題：不均。

　　"那你參加喜慶宴會穿什麼？"朋友問。

　　"我從不參加喜慶宴會，二、三十年來不獲邀請。"我說。

　　這是我的小祕密，我從不看他人外在的衣服、佩飾，但我只消望一眼，便可看出這個人有沒有靈魂？

　　雖然現在尚不能做到孔子所說的"一足矣"，但我向著生活中的理想目標"七"逐步邁進，不免有一點小擔心，我將被現代工商主義和消費主義陶汰？或被人類社會 ex-communication，驅逐出境？

　　　　　　　　　　　　　　　　10 月 11 日，週五

　　告別位於十八重天的"雙魚堂"，我追隨著朵朵白雲飛走了。

　　飛離了喬木，我將暫棲於矮木之枝幹間，開啟另一個新的時代"劍掃樓"，揮劍掃什麼？十方塵埃。

　　不是殺人見血的劍，而是文殊菩薩託付的智慧寶劍。

　　　　　　　　　　　　　　　　10 月 27 日，週日

　　星期天的清晨，有人騎著公路腳踏車，有人騎著重機，有人開著休旅車駛往山間水湄，有人在露營地悠悠地醒來，有人在菜市場大包小包地採買，有人則整裝待發準備攀上某一座山的山頭。

我來此作什麼？不是說大自然最療癒嗎？我獨自來此，為茶樹解開纏身的藤蔓；一小時之後，十株茶樹破顏微笑了，而我卻疲累不堪，站起身來，那茶園卻似無邊無際呢。

　　　　　　　　　　　　　　　　　　　10 月 29 日，週二
　　懂得美，懂得智慧，懂得真理，這人必定孤獨於人群。

　　　　　　　　　　　　　　　　　　　11 月 1 日，週五
　　我們享受著現代生活的便利與浮光掠影式的歡樂，同時也不知不覺地喪失了某些能力與雋永耐品的喜悅。

　　　　　　　　　　　　　　　　　　　11 月 04 日，週一
　　人人都讚嘆陶淵明，人人都欣羨陶淵明，但是為什麼？卻沒有人要作陶淵明。

　　　　　　　　　　　　　　　　　　　11 月 17 日，週四
　　我問朋友："究竟是人生如夢？還是人生是夢？"
　　朋友說："境界低者看人生如夢，境界高者看人生是夢。"
　　難怪聖者說無生無死，只有夢與醒。

　　　　　　　　　　　　　　　　　　　11 月 18 日，週一
　　午後在露易莎，點了一杯莊園拿鐵，瞄見冷藏櫃中擺著一碟名為"愛情靈藥"的小蛋糕（葡萄乾巧克力布朗尼），我非蛋糕的愛好者，但"愛情靈藥"四個字令我怦然心動，想起義大利歌劇才子董尼采第（Dominico Donizetti, 1797-1848）那齣名為《愛情靈藥》的歌劇，其中一首詠歎調〈一滴美妙的情淚〉（*Una furtiva lagrina, the elixir of love*）。

我點了它，吃下愛情靈藥，接下來，看看吧，會發生什麼神奇的大事？

11 月 23 日，週六

昨晚讀莫洛亞寫的普魯斯特傳記，我從他的幼年、少年跳讀到他的晚年：他租住在舅媽的房子，但舅媽在沒有告知的情況下賣了房子，因此他被迫搬遷，處於極度的沮喪與悲歎，在他寫給朋友的信中引用了《聖經・馬太福音》的章節："狐狸有洞，天空的飛鳥有巢，為何人子沒有安枕之地？"現時的我也是居無定所，寄人籬下，讀之心戚戚焉。

接下來再讀夏目漱石（1867-1916）的小傳，他從小爹不疼、娘不愛，終生孤獨、焦慮、敏感、脆弱，49 歲死於胃潰瘍。

讀至此，我的孤獨有了同行者，卻不孤獨了。

12 月 04 日，週二

這裡是下大窩。

當大街小巷流竄著政治蟑螂，商業主義如蚊蠅般嗡嗡作響遮天蔽日，世間人情框限在一個小小的螢幕裡虛來假去……。

眼前即是清淨之地嗎？

但芙蓉花早已凋殘殆盡，含羞草在路邊消失了蹤影，佐佐木椿象又被流放到哪裡？只有拳拳待放的朝顏花喲！捎來了天堂的訊息。

12 月 13 日，週五

此時此刻，我再也無法閱讀下去了。

那是丹麥的安徒生自傳《我的童話人生》，他初到巴黎，與自己生平最景仰的詩人海涅不期而遇，啊！海涅，安徒生，我最傾慕的兩個人，竟然在時空中走向了彼此，他們親切地交談，心靈與心靈交契。

今晚的閱讀必須在此停住，因為心中洋溢著幸福，好像美夢成真了，我得緊緊地守住它，若是紀德讀到安徒生這一段，他必定會熱淚盈眶。

12 月 16 日，週一

我一直想做的事，是讓死灰復燃，令白骨肉生，而安徒生做到了。

現在的我非常興奮，不知是因為喝了一杯拿鐵的緣故？還是安徒生這封書信中的文字激勵了我？很多人讀過安徒生的童話〈美人魚〉，有些人不遠千里飛去丹麥探看海邊的人魚雕像，安徒生在這封書信中所談到的正是這個故事的源起、孕育以及成形，尤其是其中深邃的意涵。

12 月 17 日，週二

巴斯噶（Blaise Pascal, 1623-1662）說："人類所有的問題，概來自於他無法獨自待在一間斗室裡。"每當我引述巴斯噶的這句名言，大部份人是一臉的迷茫，而少數的人露出會心的微笑。

季辛這麼寫他心中的寧靜："誰比我更欣賞《遵主聖範》中這句話呢？在一切事物中我追求安靜，但是我得不到它，除非是在一個角落裡手執著一卷書。"

此時的我坐在斗室的角落，手持著安徒生自傳《我的童話人生》，心中既寧靜又喜悅，我隨著安徒生遊歷城中之城羅馬，參觀了拉斐爾的第二次葬禮，此其中有莊嚴肅穆，也有世俗的紛亂與喧囂，順便又讀了一點兒拉斐爾的小傳，我從十九世紀一躍進入十六世紀的時空。

此中有真意，欲辯已忘言。

12 月 18 日，週三

追隨安徒生漫行於意大利晴翠的山谷中，耳中滿盈著豐富的天籟之音。

安徒生如是說："歡樂的羅西尼從回盪在山間的笑聲中汲取過靈感，而貝里尼卻在此聽著泉鳴流下眼淚，以致他寫下他留在世間唯一一首憂鬱的曲調。"是啊，當安徒生漫遊於意大利時，羅西尼（G. Rossini, 1792-1868）與貝里尼（V. Bellini, 1801-1835）正是譽滿意大利樂壇的歌劇作曲家。

歡樂的羅西尼一路事業順遂，卻在 37 歲之後停筆了，安徒生那時還不會知道，羅西尼的後半生不再歡樂了，因為他每為憂鬱症的來襲所苦；我特別喜歡羅西尼那首戲謔之作〈貓之二重唱〉，它給了我極奇妙的靈感，因此而編寫了一首〈奇妙二重奏〉。

至於 34 歲早逝的貝里尼呢？究竟安徒生提及的那首憂鬱的曲調為何？是歌劇《諾瑪》（*Norma*）中女祭司所唱的那首詠嘆調嗎？若有機會再遇見安徒生，我會當面請教他。

　　　　　　　　　　　　　　　　　　12 月 19 日，週四

　　在火炬的照耀下，我們在山上窺見了女先知西比爾（Sibyl）的神廟，西比爾？就是那位與永恆拔河的人。

　　西比爾是希臘神話中的女先知，她年輕貌美，頗得太陽神阿波羅的好感，阿波羅允諾西比爾一個願望成真，西比爾發願希望永遠不死，但她忘記了要求青春永駐，結果呢？你能想像得出來嗎？西比爾逐漸老去，終至成為一具乾扁的皮囊，癱軟在地上，但是她永遠不死。

　　與西比爾相較，中國神話中的嫦娥算是幸運得多，她吃了崑崙山西王母的靈藥，飛升到月宮，永遠不死，並且青春永駐，但與她長相為伴的卻是孤獨與寂寥。

　　你要與永恆拔河嗎？

　　　　　　　　　　　　　　　　　　12 月 30 日，週一

　　暫且從丹麥安徒生的書室走出來，溜去波赫士（Jorge Luis Borges, 1899-1986）的書齋聽聽他說什麼？

　　波赫士是阿根廷的小說家、詩人與散文家，二十世紀最博學的人之一，我對他素來仰慕卻並不熟悉；我買的這套書《最後的對話》，是簡體字版，我大部份的藏書都是簡體字版，並非我不愛台灣、不愛繁體字，而是台灣不愛書，尤其不愛深刻而宏闊的經典，而大陸的出版在這二十年中如雨後的春筍，好書如林如眾，正可大饗讀書人的胃口。

但傷腦筋的是大陸的翻譯習慣不好，譯介的人名、書名、地名通常不附原文，例如在台譯為波赫士，在大陸譯為博爾赫斯，若譯名之後不附原文，讀者很難發揮想像力讓二者合而為一人，好了，打住，以上只是讀者我在叨叨絮絮的抱怨，與波赫士或博爾赫斯都無關，現在讓我們聽聽波赫士怎麼說。

當我溜進波赫士的書齋時，他正談到法國的作家福樓拜（Gustav Flaubert, 1821-1880），福樓拜？是啊，我常叨念著他那句名言：「我還沒有消磨掉人生，人生就把我消磨掉了。」我聽見波赫士盛讚福樓拜用字遣詞精準且令人怡悅，然後他話鋒一轉：「今天早上有人問我是為多數人寫作還是為少數人寫作？我回答哪怕我是荒島上的魯濱遜，我依然寫作，所以我不是為了任何人而寫作，我是為了自己內在的需要而寫作。」

尼采在他那本《查拉圖斯特拉如是說》（*Thus Spoke Zarathustra*）首版的封面上，出現了如是的副題：「A Book for All and None」，大意是道：「一本寫給所有人、也不為任何人而寫的書。」

至於我呢？一大早坐在桌旁拉拉雜雜地寫了一大篇，是寫給誰看呢？是為了誰而寫呢？我想是為了自己吧，是為了暫時忘卻鼻塞的痛苦，或是為了與少數幾位朋友交契心靈吧？

12 月 31 日，週二

你猜，我遵循著安徒生的足跡，這會兒又遇見了誰？童話大王格林兄弟！

童年時讀過〈灰姑娘〉、〈白雪公主〉、〈睡美人〉、〈青蛙王子〉……這些永誌難忘的童話故事，它們都是格林兄弟倆的傑作。哥哥雅克布‧格林（1785-1863）負責搜集德國民間傳奇，弟弟威廉‧格林（1786-1859）將之轉化為細膩動人的故事，兄弟倆攜手合作，為童稚的心靈灌注了清新的生命活泉。

那時候安徒生旅行到柏林，他興緻勃勃地登門拜訪名譽歐洲的雅克布‧格林，哪想到雅克布既沒聽聞過安徒生的大名，又從未讀過安徒生的作品，從一場尷尬中安徒生悻悻回到了哥本哈根。

有一天，家中突然來了一位不速之客，哇！是雅克布‧格林！原來在安徒生離開之後，雅克布細讀安徒生的作品，立刻趕往哥本哈根與安徒生相會，多麼熱情淳真，彼時文人的相會，至於弟弟威廉‧格林後來也與安徒生結為知交好友。

2020 年

1 月 10 日，週五

巴爾札克（H. de Balzac, 1799-1850）與福樓拜（G. Flaubert, 1821-1880）兩位並世而立的法國文豪，要從那一位先談起呢？好吧，就從福樓拜開始吧，幾年前我在《紀德日記》裡遇見他，那時聽他說："我還沒有消磨掉人生，人生就把我消磨掉了。"

直到如今，我還在咀嚼著他話中的苦澀味。

最近我遊走在新購的書《創作者的日常生活》裡，與福樓拜又不期而遇了，他說："我愛我的工作，我的愛癲狂而病態。"他畢生從事的唯一工作是寫作、寫作、寫作，就只有寫作，為什麼呢？他說："工作（寫作），是逃離人生的最佳方式。"

福樓拜是人生的遁逃者，他成功地逃脫了嗎？顯然沒有。

1 月 14 日，週二

福克納說："喧囂與憤怒！"

薩克萊說："爭逐名利的浮華世界。"

不記得是誰說的？聽這語氣像是叔本華："文明是件好事，但人類什麼時候才能擁有文明？"

齊果爾說："這是一個亂人心性的時代，避秦世而居，覓一處桃花源。"

1 月 15 日，週三

您想知道天堂的模樣嗎？我迫不及待地想要告訴您，今天晚上我和童話大王安徒生約了，這次他講的不是童話，而是轉述一位老伯爵的親身經歷，很有意思，但因為我的上床時間快到了，只能長話短說，老伯爵說：

"那時我還是個孩子，已逝的曾祖父突然出現在我的面前，他說我必須先死去才能上天堂瞧瞧，於是我就暈過去了，醒來時站在天堂的前院，天堂和地面的世界差不多，沒什麼稀奇。

然後我見到了死去的哥哥和姐姐，姐姐去世的時候還是個孩子，她告訴我：她一直住在兒童樂園，今天要升級到上帝的天堂。

　　然後，我在天堂見到了上帝。"

　　上床時我有點兒傷心，自己都這麼老了，雖然很想，但恐怕沒有機會進入天上那個兒童樂園了。

　　　　　　　　　　　　　　　　　　1月16日，週四

　　誰見過上帝？與貝克特（Samuel Beckett, 1906-1989）的《等待果陀》（*En attendant Godot, Waiting for Godot*）一樣，兩者俱是亙古難解的大哉問。

　　據說亞伯拉罕和摩西見過上帝，但可能是誤會一場，基督教的神學家說：亞伯拉罕所見的是上帝的使者，而摩西所見的是上帝所顯示的異象。

　　上帝是不可見的，但真的有人見到了上帝，就在安徒生的自傳裡，注意喲！他可不是在寫童話，更不是施展幻想編織故事，他如此追憶仁慈的老伯爵聊起自己少年時代遊歷天堂的奇遇："我站在天堂裡，只見一團耀眼的亮光朝我移過來，我站立不住，便撲倒在地，耳邊聽得一陣前所未聞的仙樂之音。我心中大喜，覺得自己飄飄然將飛升而去。"

　　引領他上天堂的曾祖父說："那是上帝，他從我身邊過去了。"

　　上帝，是光與音？

　　更妙的是：從天堂回到人間之後，老伯爵從此就擁有了預卜先知的能力。

初看這幅畫，以為臥在草地上的人是樂聖貝多芬，但非也，那人是貝多芬的後生舒伯特，兩位大師都喜歡走入大自然，從大自然汲取無窮無盡的靈感，如同蘇軾東坡先生說的："惟江上之清風與山間之明月，耳得之而為聲，目遇之則成色，取之無盡，用之不竭。"

最近看到一段文字，他講到安徒生："上帝給了安徒生醜貌與貧困，把他扔在塵世裡，又把他高高舉起在天上。"對於舒伯特，這段文字一樣適用。

我總是念念不忘《舊約》裡的〈約伯記〉，一齣由上帝和撒旦合作編導的宇宙大戲，沒有原因，無法揣度，無論天才、人才、鬼才，還是凡夫俗子，俱在其中。

2月10日，週一

現在是早晨 5：43，天空仍然墨暗，極冷，想著昨晚所讀《羅曼‧羅蘭自傳》其中的一段文字："那時我患了流行性感冒，正處於康復期，這次感冒來勢，其浪潮席捲了整個世界，危害了上百萬人。她（母親）一直單獨地照顧我，此次病情引起了恐慌，酒店經理人（那時住在酒店）和母親說話時都要保持二十英尺以上的距離……。"（徐嵐譯）

我突然有所感，羅曼‧羅蘭（Romain Rolland, 1866-1944）所罹的病，是那場肆虐於第一次世界大戰時期的西班牙流感嗎？世界大戰助長了它的來勢，全球感染者上億人，死亡者在二千萬人以上，第一次世界大戰也因它而提早結束。

經查果然，羅曼·羅蘭所罹患者正是那場人人聞之喪膽的西班牙流感，他痊癒了，他從流感中全身而退了，但他仍在生活中，生活時時折磨著他，他寫信給托爾斯泰，托爾斯泰的覆信長達二、三十頁，摘其中一句："讓人們結合的，是善與美；讓人們分裂的，是惡與醜。"

現在是 6：12，天空仍然墨暗，何時才能見著曙光？帶來春天的暖意？

2 月 18 日，週二

自從病毒流行以來，我未曾戴過口罩，但今晨也加入了排隊買口罩的行列。

想起第二次世界大戰時，歐洲民生物資缺乏，大家都得排隊購買民生必需品，那時哲學家沙特（Jean-Paul Satre, 1905-1980）剛從德國戰俘營逃回巴黎，他和西蒙波娃（Simone Beauvoir, 1908-1986）也都得排隊買麵包、蛋等物，若他收到了學生饋贈的巧克力，總是特別高興。

等了五十分鐘，終於輪到我買口罩了，排在我前面的先生一掏口袋，竟然忘了帶錢，藥舖的店員冷著臉說："你得重新排隊。"天啊！這一小時是白費功夫了嗎？我立刻掏出 20 元："我有，你不必還給我。"多麼簡單，20 元就解決了這位先生的困境。（如同季辛以六便士解決了一位小男孩的困境）

當我走出店門，這位先生追上我："我的錢在摩托車裡。"他還給我 20 元。

誰比我更幸福呢？擁有一雙發現美的眼睛。

我從《雙美集》中得知：中國美學的雙子星朱光潛與宗白華，竟是同年生、同年逝。

"凡是第一流美術作品都能使人在微塵中見出大千，在剎那間見出終古。"

"雖則見歡愛而無留戀，雖則見罪孽而無畏懼。"

"希臘、羅馬與中世紀的精神文化都體現在這幅尺寸不大的美人肖像畫裡了。"

朱光潛大師談到達文西（Leonardo da Vinci, 1452-1519）所繪之〈蒙娜麗莎〉如是說，我咀嚼其言，會心而笑。

文藝復興時代三傑之一的拉斐爾所繪的〈棕櫚樹下的聖家族〉，編輯先生在其下方鑲上了朱光潛先生的一段文字："你如果問我，人們生活在這幻變無常的世相中究竟為著什麼？我說，生活就是為著生活，別無其他目的。"

編輯先生何以在這幅宗教畫的下方置入這段文字？必定寓意良深，編輯先生也沒有註明出自文集中的那一篇文章？我打開《雙美集》目錄，用猜的，是《人生八箋》中的〈談人生與我〉吧？打開書頁，果然。

晚間八點正，獨處的時間，心靈沈澱的時刻，打開《雙美集》，今晚選讀朱光潛前輩所寫的長文〈詩人的孤寂〉，在此之前我已打開了音響，今晚是舒伯特之夜，我聆聽他的〈未完成〉（*Unfinished*, D. 759）。

如此且讀且聽尚不到五分鐘，我心想：這是行不通的，不論是朱光潛〈詩人的孤寂〉，還是舒伯特的〈未完成〉，都需要讀者或聽者的凝神傾心，絕不可能二者同時進行，因此我輕輕闔上了書。

3月10日，週二

又到了晚間八點，獨處的時間，我再度打開《雙美集》朱光潛前輩的〈詩人的孤寂〉，在此之前我已開了音響，聆聽布拉姆斯的 D 大調小提琴協奏曲。

"心靈有時可互相滲透(交流)，也有時不可互相滲透。在可互相滲透時，彼此不勞脣舌，就可以默然相喻……。"文中道出的每一個句子，如同弦上的琴弓，在我心上來回往覆皴擦，探觸我靈魂的深處。

他談到杜甫寫李白："千秋萬歲名、寂寞身後事"，他談到詩人魏崙、波特萊爾、華茲華斯、濟慈、布朗寧……，唉，為什麼我不能與朱光潛生逢同世呢？我必是他忠實的追隨者。

"詩人有意要孤高自賞嗎？……但是誰能夠跟他上干九天下窮深淵呢？在心靈探險的旅程上，詩人於是不得不獨行踽踽了。"他還說："詩人能感受到全宇宙的波動，最遙遠的與最細微的，因此他不得不孤寂。"然後，最讓我心神一懍的，是談及英國浪漫派詩人雪萊與其妻瑪麗（《科學怪人》的作者）的婚姻，被視為比翼、鴛鴦的這一對：

"哪一個妻子曾經像她那樣了解而且尊敬一個空想者的幻夢？但是雪萊在那不勒斯所做的感傷詩，卻有藏著不讓她看的必要，他沈水之後，瑪麗替他編輯詩集，發現了那首感傷詩，在附注中一方面自咎，一方面把她丈夫的悲傷推原到他的疾病；……讀雪萊的原詩和他夫人的附注，誰不覺得這美滿姻緣中的傷心語比蔡女的胡笳、羅蘭的清角，還更令人生人世無可如何之嘆呢？"

我忍不住抄寫了一段示你，但不知我們的心靈能否互相滲透？還是我們的心靈相隔幾星宿之遙？不論是長電波、短電波都無法傳遞彼此的訊息？

止筆了，布拉姆斯的音樂早就演奏完畢了，我錯過了，我完全沈浸在詩人的孤寂裡。

3月17日，週二

六年前京都遊，早春的櫻花在雨裡醃著，令我懷想起詩人徐志摩的〈梅雪爭春〉："殘落的梅萼瓣瓣在雪裡醃，我笑說這顏色還欠三分艷。"這櫻花十足的艷色，在京都如煙、如霧、如織的細雨中輕吟淺笑著。

今春的京都呢？櫻花還是兀自燦然綻放著？或它低首垂淚無言？因為生命的虛幻無常？我願於今晚的夢中化作春風，一探京都櫻花的消息，瞧見那浪者詩僧蘇曼殊"芒鞋破缽無人識、踏過櫻花第幾橋"，突地他轉身對我說："一切有情，皆無罣礙。"

3月20日，週五
"美無言無聲，卻不可辜負。"美學大師朱光潛一句如詩的語言。

3月25日，週三
因為與"福"字諧音的緣故，蝙蝠在中華文化向來被視為吉祥的生物，牠常出現在端陽節所懸貼的吉祥畫中："中天辟邪"、"福從天降"。

蝙蝠身上有病毒寄生，但牠極少與人類交涉，故不會傳染給人類，除非人類自己要去干擾、捕捉、吞吃，豈非福禍無門、唯人自召？

3月26日，週四
"詩人藝術家在這人世間，可具兩種態度：醉和醒。"
美學大師宗白華如是說，我在匆匆穿行的這一天，遇上了這句絕妙的好話。

3月28日，週六
據說天人來此地土，吃了並貪著於地肥，便不再能飛返天界了。

藍腹鷴漫步於密林間，華貴尊榮，一派貴族的氣勢，卻無法上攀青天。

齊克果"野鵝與家鵝"的寓言："為了喚醒家鵝飛行的本能，野鵝自願與家鵝混同，結果野鵝自己也沈淪於地土，忘失了飛行的本能，牠仰望青天而喟歎。"

唉，藍腹鷴，你這林中的貴族，你忘卻了關於青天的記憶嗎？

4月6日，週一

很悲傷地得知有一個小生命意外地消逝了，牠誤食了由政府單位發給農夫置放在田間的毒藥，這不是偶然發生的單一事件，很多朋友都有過愛犬慘遭毒死的痛心經歷。

這些散置在田間的毒藥，若非為動物所食，經過日曬雨淋滲入土地中，被我們所食的稻米蔬果所吸納，人類不是自作自受嗎？誰是萬物之靈？誰是地球的主人？令我恐懼顫慄的並不是上帝，而是自己的同類，小心啊，人來了！

4月8日，週三

杜普蕾（Jacqueline Mary du Pre, 1945-1987）演奏艾爾加（Sir Edward William Elgar, 1857-1934）的 E 小調大提琴協奏曲，如果你不能深入這琴聲，那麼你就不可能深入我的靈魂，如果你不願、也不能深入我的靈魂，那麼我只能遠離，與你隔著好幾個星宿。

4月9日，週四

一口氣訂了六本書。

昨天去便利超商取書時，聰明伶俐的年輕店員交給我書箱，笑著說："這麼重，裡面有三本書吧？"

我說："六本。"

他又說了："哇！六本書，你可以看好幾天了。"

我糾正他："一輩子，可以看一輩子。"

他露出一副大惑不解的表情，我心想年輕人真是不懂讀書為何事？高中時讀過協志工業出版的《培根論文集》，此書與《蒙田隨筆》、《巴斯噶冥想錄》並稱為歐洲近世三大哲理散文；《培根論文集》中有一篇〈論讀書〉，其開場之言："有些書淺嚐即可，有些書得細嚼慢嚥，有些書化為你的生命。"

現代世界充斥著各種訊息、知識，實或不實的，誇張或浮濫的，細碎或粗浮的，如蚊蠅般密密麻麻、嗡嗡作響、揮之不去，我則一直在尋找那種可細嚼慢嚥、可化為生命的書，它不僅僅是書，它是好友，它是密友，它是終生的良師，它愈來愈珍稀了。

　　　　　　　　　　　　　　　　　　4 月 13 日，週一

黑冠麻鷺在高高的烏桕樹上築了巢，牠在巢裡孵育著希望，我在時間的瓶中靜靜地等待生命熟成，散逸芬芳。

　　　　　　　　　　　　　　　　　　4 月 19 日，週日

"籠雞有食湯鍋近，野鶴無糧天地寬。"

我獨欣羨陶淵明，身在籠中心釋然，縱浪大化不憂懼，應盡便盡無多慮。

睽諸人類的歷史，總是因為某些外在因素而影響其行進與流向，例如：氣候的改變、瘟疫的流行、鳥蟲之為災……，人事在大自然的流變中生發並消亡。

在新竹縣峨眉湖畔有一碑刻："制天而用"，在這種信念下，人類兩百年來因工業革命的成功所建立的自信與傲慢，已荼毒了多少生靈？已令地球遍體鱗傷、萬劫不復。

我站在樹下，思考著"愚公移山"的意義，他是恆心加上毅力、有志者事竟成？還是自私加上愚昧、破壞了大自然？

6 月 8 日，週一

先秦之封建時代，貴族稱"君子"，平民稱"小人"。

平民教育家孔子出，打破君子舊義，不論出身門第，凡性行高潔者為君子，細狹瑣雜者為小人，勉弟子曰："汝為君子儒，勿為小人儒。"

虛懷若谷者為"謙謙君子"，《易經》謙卦之象曰："謙謙君子，以卑自牧也。"

和樂平易者為"愷悌君子"，出自《史記·東方朔傳》。

與孔子同時而齊名的吳公子季札，信守承諾掛劍於徐君墓上，是為"信義君子"。

但凡君子者，不稱己為君子。

"先生乃真君子也！"

"非也非也，我非君子，唯願效法君子。"

獨自漫步於海濱。

從前被狗綁著，其後被人綁著，無牽無掛地獨自漫步於海濱，曾經是一個遙不可及的夢。

獨自漫步於海濱。

思緒可以飄得很遠很遠，飄到了北海，想著我的朋友正漫步於北海，被強勁的海風吹著，像風箏一樣飄搖在天空。

被強勁的海風吹著。

吹落了我頭上的草帽，想起魂斷於威尼斯那位美學教授戴著的那頂草帽；海風忽地掀起了一位老太太身著的長裙，我看見她腿上滿佈著網狀的靜脈瘤腫，唉，這是生活的印記啊。

思緒又飄回北海。

二十五歲的海涅在那裡作詩，舒曼為海涅那首詩〈問〉譜曲，問？大哉問！永恆的濤聲在我心海中迴盪著，第一次見到北海是在德國電影《當櫻花盛開時》，北海的風呼呼地吹著，年邁的男女主角緊緊抓著外衣，女主角在當夜無聲無息地死了，留下"舞踏"予她至愛的丈夫繼續生命的追索。

而海海相通。

海在退潮，去了那裡？流去了北海？當英國詩人馬修·阿諾德漫步在多佛海濱時，不是這麼說嗎？遠在希臘的索福克里托斯也見過同樣的海，那麼雪萊呢？拜倫呢？今人不見古時月，今月曾經照古人。

思緒飄得愈來愈遠，在時空中飄著，像飛舞的、顛危危的風箏。

日已落下，我的歸途呢？忘記了載我來此的車停放在何處？心中一片茫然。

　　啊，找著它了，7272，我的宇宙密碼，再見了，我將踏上歸途。

10 月 20 日，週二

　　木瓶打開了話匣子。

　　"去哪裡？嗯，我想嘛，我們組織一個馬戲團，賣唱走天涯，第一站？台北火車站。怎麼去？團主不是說要去台北嗎？我們都鑽進手提袋裡，沒問題的，至於演唱的曲目呢？太多啦，一直從腦海裡湧出來，停止不了，除非找到我的瓶塞，把它塞回去，但是瓶塞已經離開了，它無法與我相依相伴永生永世，簡單地說，它就是無法忍耐我，所以它走了，繼續尋找與它靈魂相契的另一只木瓶，等一下，也許它要的不是木瓶，我太狹窄了，也許是一隻貓，或是一棵樹，別提了，那是瓶塞的事，與我無關，朋友們，好在有你們，讓我們相伴，一起賣唱走天涯，什麼什麼？不要去台北？小羊要去看海，小狐狸要回森林老家，酋長和學生要回比利時他們的出生地，有沒有搞錯呀？比利時是疫情重災區，願天主保佑！所以酋長和學生才要回歐洲，You Raise Me Up, 神不會棄世間於不顧，靜定、愛與責任……。"

10 月 21 日，週三

　　瓶塞說——

　　"在過去那些形影不離、相親相愛的日子裡，我與你雖然性情互異，但也稱得上是相輔相成，你興緻一來就毫無避忌地信口開河，講的是天方夜譚、宇宙洪荒，你把古人的明訓忘得精光了！蘇子嘆：人生憂患識字始，古人云：是非只為多開口，所以我總要潑你的冷水，適時堵住你的嘴。沒想到，我們的和鳴竟然也有變調的時候，那一天，你在盛怒之下踢了我一腳，你忘記了嗎？你怎麼可以忘記？你狠狠地踢了我！害我滾落在衣櫃的背後，呼天呼地皆不應，聲聲無奈哪！從此我長在黑暗中，默默觀察著你，從不曾離開過……。"

10 月 22 日，週四

說過了不再上網路買書，要多支持實體書店，但因腰痛臥床，這時候也只能逛逛網路書店了。一口氣訂了四本書，很快便宅配到家了，每買到一本好書，其喜悅尤甚於下訂一座新屋，新屋帶給你的往往是無窮無盡的勞役，如同在甜蜜的新婚之後所要面對的是天羅地網般的磨難，而書呢？當然是指那種嚼之有味的好書，它帶給你的是不盡的喜悅。

便縱有千種風情，要與何人說？不過我還是要說。

我買了哪些書？《唐宋八大家》、《山水有清音》、《幼學故事瓊林》。近日發現文章有力、言談風雅的文辯之士有一共通處，即是古典文學造詣深厚了得，我雖不能至，而衷心嚮往之，故購進以上三書入我的收藏。

另一本《哲學與宗教全史》，別被書名嚇著了，說是全史，其實只有一冊，我期待它雋永耐品，具有 Will Durant 的筆調。

買書亦有後患乎？並非沒有，傷頸椎、傷眼力，但一本好書確乎會讓你終生受益，說穿了，我未免還是書的信徒。

10 月 25 日，週日

若是狂戀大提琴，那麼首選至愛應是德伏扎克（Antonin L. Dvorak, 1841-1904）那首 B 小調大提琴協奏曲吧！此曲旋律淒美，是波西米亞式的思鄉憂情，尤其在第二樂章裡，德伏扎克傷悼著他一段隱匿的苦戀。

我收藏的是杜普蕾的演奏，千迴百轉，扣人心弦。

曾聽過一個故事，大提琴大師傅尼葉（Pierre Fournier, 1906-1986），有一次坐計程車時，聽見從車中收音機傳出幽幽的大提琴聲，他問是誰為之？別人告訴他是杜普蕾，他說："她這麼拉琴，恐怕生命不會長久。"果然，杜普蕾燦若煙火，倏爾離逝。

昨日在"晴耕雨讀小書房"，蒙書房主人贈我三張 CD，其中一張是傅尼葉演奏的德伏扎克此曲，高雅而沈穩厚實，他在世80 歲，正宜享其高壽。

一直以來，聽此曲至第二樂章與第三樂章之終結處，我總覺得是花瓣與眼淚自天際飄落，今日突有所感，或是 Dylan Thomas（1914-1953） 的詩〈月亮上的小丑〉（*Clown in the Moon*）所傾訴的悲傷？

> My tears are like the quiet drift
>
> of petals from some magic roses;
>
> And all my grief flows from the rift
>
> of unremenbered skies and snows.
>
> 我的淚像似無聲飄浮

來自某些神奇玫瑰的花瓣；

而我所有的悲傷湧出

從失憶的天空與雪的縫隙。

10 月 26 日，週一

朋友從半個地球之外來信說："秋深了。"

頓時令我想起莫扎特的第 23 號鋼琴協奏曲之第二樂章，我怎能忘記它呢？那一年，朋友告訴我："在第二樂章裡，含藏著莫扎特的眼淚。"於是我從莫扎特的第 1 號鋼琴協奏曲開始依序聆聽，直到第 23 號。

音樂仍在進行中，現在是第 23 號鋼琴協奏曲的第二樂章，是秋風拂過殘存在樹梢上最後的幾片枯葉，如此蒼涼的美感，據說是世界上最動人的小調悲歌之一。

朋友如此說："眼淚在眼眶裡打轉，卻不曾滴落。"

秋深了，行走在這寒涼的世間，我唯願與你在音樂中相遇，那時我們將穿透彼此的靈魂；莫迪里亞尼（Amedio Modigliani, 1884-1920）畫人常不畫眼睛，一直到他死後，人們在其書信中找到了線索，他如此寫道："一旦我認識了你的靈魂，我才要畫上你的眼睛。"

朋友，我願秋深時與你在莫扎特這首慢板樂章裡相遇，否則我們今生也只是擦肩而過。

10 月 28 日，週三

四十年前初聞柴可夫斯基的降 B 小調第一號鋼琴協奏曲

（Op. 23），那時我每天上午在台大研圖館讀書，正午十二點休館一小時，每到十二點整，從圖書館的音箱播送出古典音樂的樂聲，它溫婉地提醒著沈醉於書海的學子："是時候了，該走出圖書館，覓食、休息……，回到真實的人生。"

有一天，從圖書館的音箱傳出柴可夫斯基的第一號鋼琴協奏曲，令我震驚，這是被壓抑的熱情，轟然的釋放與宣洩，戴奧尼蘇斯式的狂飲，澎湃而偉巨的氣勢！蘇軾〈赤壁懷古〉"亂石崩雲、驚濤拍岸"堪可比擬。

在往後的歲月裡，每逢颱風來襲，我總要敞開窗戶，播送此曲大鳴大放，以與窗外的風雨交相應和。

演奏此曲的大師如雲，我選上"質勝於文"的阿格麗希（Martha Argerich, 1941-），我最喜愛的是她於 1994 年與阿貝多（Claudio Abbado, 1933-2014）合作的那場演奏，無奈沒有現場錄像，退而求其次的是 1975 年與指揮家杜特華（Charles Dutois, 1936-）的合作，雖然那時兩人已結束婚姻關係，但在音樂上仍是水乳交融、默契十足。

今晚無風也無雨，單調且沈悶，需要一些驚濤與駭浪。

10 月 31 日，週六

生命是一首樂曲，無聲而大美，我演奏著第三樂章，迴旋的曲式，重複著相同的故事，那是生命中那最美的部份。

你的琴弦呢？鬆弛了？還是過於緊迫？或是斷了？

把它從樹梢取下來吧，它在那裡沙沙作響呢。

我特別喜愛菊科植物，它的花瓣與花心繁複而井然有序，由此可以體察上帝創造宇宙萬物的心意。

再換成另一種說法：有一欉先天地而生的黃菊，上帝微笑著看了它一眼，於是構築出無量之網的宇宙。

12 月 19 日，週六

當我倚靠著一棵大樹，撫觸著它剝落的皮，以及斑斑點點的傷痕，感受著樹的心怦怦地跳，樹體內的溪泊泊地流。

誰說樹沒有靈魂？

誰說雀鳥沒有靈魂？

誰說花兒沒有靈魂？

誰說蟲兒沒有靈魂？

誰說石頭沒有靈魂？

當我倚靠著一棵大樹，感受到詩人里爾克的感受，身上文明的華服寸寸碎裂，長出昂然的枝與葉，雙足深入大地，旅行到不可知的遠方。

2021 年

1 月 5 日，週二

在眼科候診室讀報〈白先勇與楊照對談信史〉，讀罷慨然愀然，蓋二人談及的人物均已作古，彼等之是非功過仍有待於具宏觀博識的歷史家給予公允的論評；再思之：國人不讀歷史、不知歷史，如同失去了四維八德，此國恆亡。

所謂歷史，絕不是那幾本淺陋偏狹的教科書，歷史是巨流河，歷史是大江大海，歷史是植根的大地，歷史是每一口、每一口的呼吸。

1月25日，週一

今晨臨出門時為自己設定了一個社會學觀察的題目：由各地區超商每日進報紙的種類與數量，來分析該地區的人口結構與政治屬性。

沒想到踏入超商才拍下兩張照片，卻被告知禁止拍照，我的研究正要開始就踩了急剎車。現在的我坐在早餐店裡，面對著空闊的鐵道路停車場，天地無垠，等待著晨曦的照臨，我將看見花瓣上的露珠兒在寒風中抖顫，枝梢在空中輕搖，甲蟲兒試著伸展膜翼，蟻群忙忙碌碌地上上下下……。

我還是把目光從人事移轉到美不勝收的大自然吧！現在是早晨 6 點 20 分，長夜將盡，朝陽即將昇起。

3月21日，週日

買了一本新書《叔本華暮年之思》，封面上的版畫是叔本華和他的獅子狗，叔本華如此說過："我喜愛四足動物遠勝於二足動物。"他的最佳伴侶是獅子狗，一隻年老去世之後，仍然是另一隻獅子狗。

他這一生中養過好幾隻獅子狗，我仔細觀察之後，發現叔本華和獅子狗、獅子狗和叔本華，在外貌與個性上頗相雷同，狗不是無知的人所謂的寵物，狗既是智者的生活伴侶，更是智者的靈魂伴侶。

我想要一隻狗作為我的伴侶，朋友們都潑我的冷水："你老了，不能養狗。"我在心裡冷笑著："你們等著瞧！"比起叔本華，我不僅喜愛四足動物，我也喜愛二足動物，像是鳥啊、雞啊、鴨啊。

存活在這令人沮喪的世界，也不無喜悅之事，就像我現在捧讀著這本書，臉上漾起了微笑。

6 月 29 日，週二

晨行於東大路上，回憶起五十年前的東大路、一百年前的東大路、兩百年前的東大路，再之前呢？沒有什麼東大路，此地樹木成林成眾（故舊名樹林頭），鹿群悠遊於其間，斯卡達族奔逐於其後。

雖說時間是幻象，但我以物質身存在於時間中，免不了要撫今思昔一番，百年老樹幾已被砍伐殆盡，代之以高疊的水泥怪獸，人們奔逐於其間，獵取權位與暴利。

此時疫情方虐，疫情正如一面照妖鏡，看清了，原來人比病毒凶險。

7 月 1 日，週四

我曾用寫過的"芙蓉宣"（南華宣）造了一張紙，人人都說醜，唯有我的老師李蕭錕慧眼獨具，他說像一塊臥石，援筆寫下"臥石"兩字，署名"野人"。

瘟疫流行期間，諸事不宜，唯最宜寫字，我寫了滿坑滿谷，皆不入眼，乃拏來造紙，想起賈平凹寫的那篇散文〈醜石〉，哈，我這兒有成堆成塚的醜石呢。

7月5日，週一

雖然也閒逛於網路世界，但網路世界浮光掠影、雅俗雜陳，不值得久留，我還是愛讀報紙，如入寶山，屢得嚐芳香四溢的佳釀，品味再三，齒頰生香。

曾讀過林清玄所寫的〈浮生若茶〉，今天讀到張卉君以陶藝修持斷捨離，兩文如珠似玉，交相輝映，我慢讀細品，願能轉化自己的生命。

凡古今大開悟者都說：道在"遍一切處"。

誠哉斯言！無處非道，只有盲聾不見不聞。

7月7日，週三

我在今天的報紙裡又挖到了寶藏。

細讀了靜宜大學吳成豐教授的時論〈謊言亂竄、政府真相藏井裡〉，他引用了希臘哲學家德謨克利圖斯（Democritus, B.C.460-B.C.370?）的名言："對於真理（真相），我們一無所知，因為真理藏在井裡。"

法國畫家萊‧傑羅姆（Jean-Leon Gerome, 1824-1904）於1896年據此名言畫了一幅油畫〈真理與謊言〉，我把此畫找了出來，瞧！真理女神慘遭凌辱而受困井中，現在終於脫困出井了，她手執皮鞭，怒氣沖沖地要反擊陷害她的謊言。

接下來，吳教授又引用了深諳世道的邱吉爾另一句令人哭笑不得的名言："當真理還在穿鞋的時候，謊言卻已經跑遍了全城。"

7月13日，週二

明天是詩人節，但詩的國度已不存。

戰國時代楚國詩人屈原預見亡國大禍將臨，苦心忠諫卻遭放逐，端陽節慶舉國歡騰，詩人卻容顏憔悴行吟澤畔，他從孤冷的高處一躍而入江流。

五十年後楚國滅亡。

兩千三百年後的今天，世界仍然顛倒，人們仍然歡慶端陽，但誰還記得詩人胸中的火與冰呢？詩人又再一次的陸沈。

德國詩人海涅的詩與文跳脫活潑，瀟灑而優雅："吃罷午餐，飛上雲霄，用教堂的尖塔剔牙……乘著歌聲的翅膀，來到恆河岸邊，臥在棕櫚樹下作著夢……。"他被祖國德意志放逐，寄身於巴黎，他因思念德國而夜夜失眠，他憂慮著日耳曼民族主義將會壯大而為禍人類，他得了不治之症，被禁錮在床，十二年之後離世。

他的預言終究成真，日耳曼民族主義果然為人類帶來萬劫不復的災禍。

可以沒有詩人嗎？如這般先知似的詩人。

近幾年搬家頻仍，捨了大部份的書籍與衣服；近三個月疫情蔓延，我每日在家清理雜物，並痛快地拋棄了它們，我的衣櫃現在空蕩蕩的，秋冬衣服收在行李箱內（既然不能旅行了，那麼行李箱可作為收存衣服之用），別笑我寒傖，我倒覺得輕安自在呢。

台灣曾是紡織王國，那時紡織業嚴重地污染了河川，後來產業外移，大陸、越南的河川也難免於被污染的惡運，這都是人類慾壑難填所致。

我期望自己一肩明月、兩袖清風、四壁蕭然，我期望自己離開地球時，如一縷輕煙滑過天空，不留下碳的足跡。

這是我的"極簡主義"。

今晨詳讀了鄭培凱教授悼懷余英時先生之長文〈我們都是文化遺民〉，此文對時下粗鄙的文化頗為感慨。

稱"先生"乃沿襲先秦以來對學德兼備之長者的敬稱，民初以來敬稱傳道、授業、解惑之師長為先生（不論性別），以前在台大中文系聞聽屈萬里、臺靜農、張敬、莊嚴等教授的講課，中文系的師生莫不恭恭敬敬地稱一聲屈先生、臺先生、張先生、莊先生。

我有幸薰沐在這敬老尊賢的古風中，直至今日偶以先生尊稱學養俱高的長者（不論性別），知者但會心一笑，不知者哈哈大笑，以為我頭腦昏亂、胡言亂語，唉，陽春白雪，下里巴人不識。

　　唐代韓愈文起八代之衰，他論師："師者，所以傳道、授業、解惑也。"今日之師者十分珍稀，而各行各業自稱或他稱為老師者卻滿街行走，此輩欺世盜名，世人卻拱為偶像。

　　文化與語言之粗化、鈍化、俗化如此。

　　浮世滔滔，我們都是文化遺民。

　　　　　　　　　　　　　　　　　　　　9月1日，週三

　　三十五年前，我們因布魯赫（Max C. F. Bruch, 1838-1920）第一號小提琴協奏曲而結緣，那時我驚訝於你與演奏者鄭京和的神似、專注、沈浸而孤傲，以沛然莫之能禦的能量揮灑著生命。

　　此後我們在音樂中共度了三十五年美好的時光，今晚我重溫此曲，往事一一浮現，你也在聽嗎？一首樂曲就是一段人生，有時曲折，有時濃烈，有時幽微，有時昂揚，當你笑吟吟地漫步在星空時，可曾想起這段花樣的人生？

　　　　　　　　　　　　　　　　　　　　9月4日，週六

　　當你十八歲時，我以貝多芬這首 D 大調小提琴協奏曲為餌把你網住了，我看得出你靈魂深處的渴望。

　　今年五月底，我傳訊給你："在疫情流行中，我都聽貝多芬，尤其是這首小提琴協奏曲，常使我淚水盈眶。"你沒有作答，我知道以你當時的身心狀況實無能於傾聽這樣的大曲。

　　現在你的靈魂脫困自由了，今晚讓我們再重溫此曲，久別重逢的靈魂在此交會。

孤獨的人不會口口聲聲地談論孤獨，孤獨是一種隱晦的能量，它遍及宇宙，悄無聲息地在宇宙中掀起漣漪。

孤獨，如孤獨者叔本華所言：*"神要你孤獨，因為祂要賜給你智慧與靈感。"*

晨讀張讓書寫 Vivian Gornick（1935-，美國作家與評論家）頗有感。

思考與書寫仍然具有強大的力量，它牽引著你、我在時空中相遇。

9 月 14 日，週二

今日行過中正路，中正路很長，我所行經的是最接近新竹火車站的那端，"玫瑰唱片行"早就永遠地打烊了，"美的世界"也在兩年前油盡燈枯，歇業了。

可惜啊，我們曾在那兒挖到珍奇，取飲甘冽的音樂泉源。但泉源也會乾涸，現今的世界如同荒原，光怪陸離，分崩離析。

因此你及早撤離了？航向一顆光燦燦的星星。

今晚讓我們再聽一次：Whoever Finds This, I Love You

你應和的歌聲，從星斗的夜空穿入我的夢。

9 月 19 日，週日

看韓劇《黃真伊》，緊盯著其壁上所懸各件書畫，蓋戲劇之高雅或鄙俗、深刻或粗浮，觀此可知，觀後頗有感悟，因此於今晨動手臨寫起《楊大眼造像記》。

在疫情期間，我時時觀賞網路自媒體"牛人旅行記"，牛人帶著二犬"芒果"與"石榴"（後來又加入一隻白色的薩摩耶）穿過農村田園，遍歷山河湖泊，牛人每縱放三犬任其馳騁，當三犬回返牛人身邊時，牛人總是歡欣讚歎著："好狗！好狗！"（至此想起禪宗的尋牛記、十牛圖）"

我帶著"筆"與"心"週遊宇宙時空，探索生命與存在，我的筆與心俱受困於我的自我與我所處的種種外在情境，雖欲馳騁自在卻跌跌撞撞，以致困窘之態層出不窮，我不曾像牛人那樣歡欣讚歎著："好筆！好心！"

筆與心，俱是雲煙，雲煙散盡，碧空如洗。

好筆！好心！

9月21日，週二

日本浮世繪大師葛飾北齋的工作室在我的工作裡。

電影《眩：葛飾北齋之女》，重現葛飾北齋與其女葛飾應為的繪畫生涯，電影之將結終處，老年的父親與歷經人生滄桑的女兒合作完成了攀上藝術顛峰之作品〈富士越龍圖〉，生命已然走入盡頭的父親喃喃自語著："再給我十年，不，五年，我就可以成為一位真正的畫家了。"

晚年的米開蘭基羅，在創作了如此豐盛的作品之後卻無比憾恨地說："我這一生，一事無成。"

真正的藝術家是——

葛飾北齋說："對自己的作品永遠地不滿意，永遠地感到痛苦。"

想起前日觀賞的韓劇《黃真伊》，也有一句類似的台詞："藝妓最珍貴的資產，不是美貌，不是舞藝，而是痛苦。"

但無論如何，北齋說："即使是三流的畫家，也強過一流的外行。"

9 月 24 日，週五

從公元 171 年到 172 年，從甘肅的《西狹頌》到陝西的《郙閣頌》，兩者同一位父親"李翕"，母親則出自同一家族"仇靖"與"仇紼"，仇靖能文善書才華橫溢，至於仇紼？不甚明確，只能存在於後人的臆想中了。

兄弟倆均非俗輩，哥哥《西狹頌》端穆而俊逸，弟弟《郙閣頌》樸拙而自在。

我手中的《郙閣頌》是飲冰室主人梁啟超的藏本，現居北京圖書館，浙江文藝社出版，是我的老師李蕭錕（李嘯鯤）轉贈給我的，他同時還送給我一本《郙閣頌集聯》，我的老師為什麼贈我郙閣之頌？或許是因為他買重了一本，或許是因為他認為我應該臨寫《郙閣頌》，十餘年之後大疫期間我才與它重相見，竟如久逢故友般地欣喜。

9 月 27 日，週一

在各公、私立電信公司辦事，總是令人惶惑不安，方案 A、方案 B、方案 C、方案 D……，頭暈眼花，如何抉擇？這時辦事人員就會給你一個適合你的、善意的建議，於是你從善如流，簽了名之後，辦事人員又滔滔不絕地補充說明此方案的須知事項，那時你才驚覺自己又簽下了一紙有期的賣身契。

在令人眼花瞭亂的現代生活中，我們無奈或不知不覺地簽下了多少類似的賣身契？現代生活以舖天蓋地的巨網把我們困在其中，多少人驚覺？多少人驚覺卻無力掙脫？芸芸眾生哪！不就是那些黏附在蒼蠅紙上、揮舞著細小手足的可憐的小東西嗎？

在大疫的烏雲下，如同急就章般地研發出各式疫苗，概分為三大類，有序或無序地為之排列組合，提出數種混打疫苗的方案，好似坐在電信公司的服務台，眼花瞭亂、惶惑慄慄，從一而終？或是混打疫苗？如何混打？好吧，你就擇一簽個字吧，不過和電信公司的契約不同，你有可能簽下的是永遠的賣身契。

9 月 29 日，週三

我的腳踏車"小藍"，是一台兒童成長車，可以隨著兒童的成長而逐步調整握把與坐墊的高度，但是小藍始終維持著它既定的高度，因為它的主人不會再成長了。

前些時送小藍回娘家保養，技師搖搖頭對我說："狀況有點慘！"真的，跟著我快兩年了，小藍看起來就像老藍，不過我就是喜歡這副陳舊滄桑的模樣，像一隻忠誠的老狗。

我從來不替小藍上鎖，因為我喜歡推門即出、推門即入的太古羲和之世，對於小藍也是如此，我不要彎腰上鎖、彎腰解鎖、顫顫兢兢，生活已經夠狼狽的了！

兩天前，小藍不見了。

朋友對我說："既然你不上鎖，就不得稱之為偷，只是仁人君子暫借一下罷了。"我想也對，但不知是哪位有緣人喜歡上我的小藍？

今天上午，大樓警衛告訴我：察看了兩天前的監視錄影帶，看見我騎了單車出去，卻徒步回來。是嗎？我靈機一動，至三十公尺外的全家便利超商，果然小藍就在門外等著，它從未遠離我。

10 月 5 日，週二

"美學"一詞，在這座文化荒島上氾濫成災了，它被潑灑在燈紅酒綠的街道上，污髒，發出惡臭，始作俑者是一些文化販子、商業販子，而海畔卻偏有逐臭之夫，如螻蟻般層層堆疊在一滴人工合成的糖蜜上。

美學屬於哲學的範疇，哲學的任務是參究事物的本質（尤其是抽象的概念），並為其下定義，它高居在哲學的殿堂上。

或許我們可以稍稍謙遜一點，試著談談"美感"吧。

想起在大學時代流行的一本讀物：哲學家桑塔耶那（George Santayana, 1863-1952）的名作《美感》（晨鐘出版），年輕的我讀之不甚了了，中年時於某個夏季讀了李澤厚《中國美學史》第一卷，才稍稍了悟關於美學的種種。

在電影《日日是好日》中，茶道老師說："有些事物是可以立即了解的，有些事物是不能立即了解的。"就像釀酒一樣，浸潤在時間的缸裡靜靜地等待成熟。

10 月 7 日，週四

烈日當頭，在一個半小時內，我來回於自助洗衣店與住家總共三趟，不免心浮氣躁，怨怪著生活中的種種狼狽，但怨怪歸怨怪，腦海中竟也浮想翩翩，首先浮現的畫面是：清晨，三五成群的婦女蹲踞在清溪兩岸，浣洗著全家老小的衣物，然後返家晾曬，餵食雞豕，下田工作，烹煮三餐，侍奉公婆醫藥……，永無止息地工作著，劬勞一生，促命而亡。

也有過怡悅的時光嗎？若是在月下搗洗寒衣，或招致三五鄰舍，瓜棚李下閒話桑麻，雖未及至樂，也算是日常之小確幸了。

現在有了洗衣機取代勞務，還有種類繁多的大小電器，但我們現代人並沒有因此而生活得優雅從容，反倒是更為促急緊迫了。

我厭棄這種"生命的大分裂"。

前些時心賞了日本端修津一與英子老夫婦的生活紀實影片《人生果實》，副題是"積累時間的生活"，當我往來奔波於洗衣店與住家時，心裡反反覆覆地想著：如何逸出緊迫、積累時間？如何享受生活中的點點滴滴或是冗長的餘裕？

10 月 9 日，週六

晨讀聯副劉墉的長文〈到早春圖裡冰泳〉，劉文是否能得郭熙的心？不得而知，但其文之起手式卻令我心為之驚顫："張大千在美國加州卡梅爾（Carmel）曾經有一處莊園，叫作「可以居」，這三個字應該出自郭熙的《林泉高致集》裡的一段話：山水有可行者，有可望者，有可遊者，有可居者。"（摘自劉文）

五、六年前，我在鄉下某生態園區賃小屋而居，取名為"可以居"，記其事曰："我暫寓於此，閒時煮茶，客來飲酒（咖啡），聞蟲鳴鳥語起落，觀四時花開花落，賞中天皓月，讀古今奇書……為它取了個尚稱順口的名字——可以居，自號為「可以居寄客」。"

只是隨興取的名號，殊不知它與郭熙、張大千的牽繫。

在可以居，我度過了一輪春夏秋冬，編印了三本書，畫了一些粗拙的畫，後來又寫出更多的作品，今年初出版的《春天奏鳴曲》，其第一章〈小歇〉，即是在可以居的記事。

我如此自喜："唐代劉禹錫有陋室，撰陋室銘謂：南陽諸葛廬、西蜀子雲亭；今我有小屋，屋雖淺窄，但情趣無窮。"小屋雖好，我只是匆匆走過，現在的我坐在"無餘堂"上，也只是一個暫寓的寄客。

10月10日，週日

今日欣逢中華民國建國 110 週年，緬懷多災多難的民國歷史，內戰頻仍，外患侵逼，竟也顛顛躓躓、危危顫顫地走過了110 個年頭。

不禁拿起毛筆，臨寫了民國的創建者被尊為國父的孫文（中山）的墨寶"博愛"：

　　旅居歐洲專歐洲史的朋友曾告訴我：近代民主運動濫觴於1789 年爆發的法國大革命運動，其喊出的口號"自由、平等、博愛"，順序錯了，應是"博愛、平等、自由"。

　　一語驚醒夢中人！若無博愛的胸懷一視眾生，那麼民主是有條件的、是虛偽的、是利益勾牽的、是裹上了糖衣的毒藥，觀諸今日號稱為民主先進的國家，貧富嚴重不均，自由氾濫成災，雖已逼近懸崖卻停不住腳步。

　　唉，歷經兩百餘年所結出的民主果實，竟是如此苦澀、乾枯、畸形怪狀，所以我臨寫了孫先生的"博愛"之後，又臨寫了他的"奮鬥"：

以我一介草民，唯能採食於首陽山下，何有孫先生旋乾轉坤之勢能、深厚寬舒的氣象？孫先生定不會呵責我的妄為模仿，他已作了"逸仙"，不會再下顧這一團糟的世間了。

10 月 13 日，週三

今晨送兩袋回收物去垃圾間，突憶起幼年情景，那時村中唯有一約 2 公尺平方的垃圾場，家家戶戶共用之，一週清除一次足矣。現在呢？百戶人家共用約 3 公尺平方的垃圾間，每天清運一次，若遇週休或年假則垃圾滿坑滿谷，臭不可聞。

商業主義、消費主義狂潮似地洗腦，腐蝕人心，無腦人的心著了物慾的魔，以致棄置的垃圾堆積於陸地、浮沈在海洋，幸運的是我可及身而止，但大家的子孫將成為氣候難民、空氣難民、水難民、糧食難民、垃圾難民……。

今晨丟完垃圾，心中愧疚卻也無奈。

想起"身無長物"這個美好的詞彙，意思是：身邊沒有多餘之物，典故出自《世說新語》王恭的軼事，古有王恭身無長物，今有韓國法頂禪師過著"無所有"的生活，所謂"無所有"並非一無所有，而是只取用"生活之所必需"，曾經有客人送給禪師一盞燈，禪師不得已接受了，但條件是禪師本有的一盞燈得交由客人帶走，禪師說："一盞燈於我就夠用了。"

孔子也說："一足矣！"

法頂禪師已經圓寂了，無壽衣，無棺木，著平常的僧衣，躺在平常睡臥的竹床上，身與物一起火化了，留下清澈芬芳在人間。

10 月 15 日，週五

現在正瘋行著一部韓國電影《魷魚遊戲》，它得了很多獎項。

我想起那首充滿著戰鬥氣息的選舉歌〈愛拼才會贏〉，每逢選舉嘉年華，不，是政治大血拚！這首歌穿行於大街小巷，魔音穿腦般、化骨水般進行著集體的社會教育。

不是說"上善不爭"嗎？我厭棄"社會達爾文主義"，而它卻成為愈被推崇的普世價值。

我對魷魚沒有興趣。

現在靜靜地擺在我面前的，是一尾略帶苦味的秋刀魚，吃到尾端尤苦，我不識魚名，突想起月餘前拜讀了聯副何華先生的大作〈小津與美食〉，文中談到小津安二郎最後的圓融之作《秋刀魚的滋味》："《秋刀魚的滋味》自始至終沒有出現秋刀魚，採用這個片名是在比喻人生的滋味。在日本，秋刀魚出現在秋冬之際，會給人寂寥冷清之感。還有一種說法是烤秋刀魚不去內臟，所以略帶苦澀之味。"

十幾年前在書法課室中我的老師李蕭錕推介了這部電影，那時他還談到法國畫家波那爾（Pierre Bonnard, 1867-1947）、日本導演小津安二郎與台灣導演侯孝賢，三者之間內在的聯繫，之後我便與小津電影結下了緣。

我一直沒有吃過秋刀魚，從不知道秋刀魚帶著苦味，雖看了好幾遍的電影，卻始終不知這部電影為什麼取名為《秋刀魚的滋味》？直到讀了何華的長文，吃了一尾秋刀魚，印証了魚的滋味，才終於了悟小津導演的用心。

展開今晨的聯副，大喜！是張作錦先生的宏文，談論揚州八怪之一的鄭板橋其心性行跡，副題是點龍之睛："他關懷社會，忠厚待人，不同流合污，好品性為書畫盛名所蓋。"

揚州八怪？少年時期就喜歡鄭板橋的書畫，後來在舅舅家的壁上見過一幅八怪之一的黃慎所畫的〈淵明采菊圖〉，是舅舅的姻親敦煌學家羅宗濤教授購得的珍藏，今舅舅夫婦、羅宗濤教授俱已仙逝，此畫不知流落何方？

幾年前在紐約大都會博物館有"金農、羅聘特展"，量與質俱佳，百年難遇，但觀者幾希，我獨自流連於展場，算是看得過癮了。

揚州八怪非人怪，而是書畫怪，但書畫也不怪，只是有異於傳統與流俗，勇於創新並別具一格，他們都是嶔崎磊落、至情至性的君子。

10 月 19 日，週二

據說我是個喜新厭舊的人。

我不同意，與新舊無關，我只是不斷地扔掉那些陳腐的、粗俗的、細瑣的、污髒的物與事，當然也包括人。

看哪，這匹馬，紐約大都會博物館鑄造於 1989 年（仿鑄伊特拉斯坎文明的銅作），是朋友送給我的生日禮物，我欣然接受，作為紙鎮，三十年後老驥伏櫪，不勝滄桑，但我對牠始終不離不棄。

現在，老馬有了新的任務：筆擱。

看哪,一支老筆安穩地歇息在老馬的背上,我想起了那首絕美的詩篇:"耶和華是我的牧者,我必不至匱乏,祂使我躺臥在青草地上,領我到可安歇的水邊,祂使我的靈魂甦醒……。"

這支老筆得自浙江杭州,在我身邊也有二十餘年了,筆桿上刻有"紙上雲煙"四字,我的毛筆滿坑滿谷,但弱水三千我只取一瓢飲,用之既久,筆桿剝裂,筆頭脫落,但我還是愛它。

看哪,老筆倚靠在老馬的背上,多麼美,這是天堂的景象。

10 月 22 日,週五

今年適逢聯合報創報 70 年。

近些年來,我的早餐必以聯合報佐餐,否則食不下嚥,因此我可以這麼說:聯合報是我每日的精神食糧。我細讀它的每月主題"願景工程",心中讚歎著:若治國者能夠胸懷如此宏規遠謨,是萬民之福。我遍觀報紙所載時事諏議、醫藥保健、文學作品……,最契合我心、最令我靈魂悸動的往往是那些名不登文學殿堂的業餘作家,他們從日常生活的花園中採擷鮮花。

今天 10 月 22 日,陰雨,展開聯合報家庭副,〈吟遊者〉一文立刻吸引住我的心神,它引用了小林一茶的俳句:

覆蓋露水的世界

每顆露珠

都是掙扎的世界

書櫃中恰好有一本《日本古典俳句選》,選譯日本三大俳人(依時間為序)松尾芭蕉、與謝蕪村、小林一茶的作品,我從書櫃中請出,翻閱了小林一茶的部份,上引俳句不在其中,但我細讀了小林一茶苦澀的人生，覆蓋著他的世界的露珠，每顆露珠都是一個掙扎的世界。

俳句原是 5/7/5，但此譯是 7/4/7，有什麼關係呢？我感受到自己身在網內，一個掙扎的世界，一個普世的同情之大網。

我注意到了，數月前聯合報悄悄地改了版，字大了一些，字距與行距寬了些，它大概知道：它的忠實讀者多是像我一樣老眼昏花的人。

10 月 28 日，週四

清風朗月，值多少錢？

"清風朗月，不用一錢買。"三十四歲的李白在〈襄陽歌〉中這麼說，這是他人生受挫時於醉中寫下的直白句，人生待李白苛吝，得意風光沒幾年，其餘都在窮促卑辱中度過，若真是文曲星下凡，想必仙界也不容他，不是說他謫仙嗎？被貶謫到凡間的仙人。

李白相貌如何？古今畫家無不愛畫李白，我以為畫得浮且誇，唯梁楷畫李白行吟如清風朗月，得其神韻，瘋子畫醉仙，豈不兩相好！

清風朗月，值多少錢？

"清風加朗月，五文錢買。"小林一茶話聲才落，激起波波漣漪──

"哎！還要用錢買？"

"這麼少，才五文錢！"

"真慷慨，還給五文呢。"

世人珍惜者，有價之物；世人聽若罔聞、視而不見、浸潤於其中而無所感者，無價之物也。

11月1日，週一

落葉紛飛，蓋住了大地夏日的綠意。

里爾克的詩〈秋日〉末段：

如果你現在沒有房子，就不要去建造

如果你現在是孤獨的，你將永遠孤獨

坐著，閱讀，寫長信，度過夜晚

在林蔭下來來回回

漫步，落葉紛飛

唉，這落葉，這落葉幽幽的嘆息，是生命中難以承受之輕。

11月3日，週三

日本人愛青蛙，每以之入詩入畫，日本人之所以愛青蛙，或許是源於俳聖松尾芭蕉的那首〈古池塘〉吧？

譯詩是一項令人絕望的工作，我來來回回地思考了好幾天，費盡了心思，儘量少加一點、少減一點，不失俳句 5/7/5 的格式與音律：

閒寂古池塘

青蛙一躍入池中

噗通水聲響

當年泰戈爾訪日，見了這首俳句，讚嘆道：“有這一首就夠了，其它的詩都不必了。”足見泰戈爾的聰慧，無論是松尾芭蕉還是泰戈爾，其聰慧都非世智辯聰，而是直入第一義諦的出世間聰慧，禪家說"一語道破"，但我以為一語尚屬多事，智者聞嘆通一聲水音，便當下了悟存在的真諦。

前些時偶然見到了一幅〈啼蛙圖〉，呆住了，但不知畫中的蛙是芭蕉的那隻？還是與謝蕪村"兀自端坐望浮雲"那隻青蛙？

我還知道另一隻青蛙，牠總是大吹大擂，最後把肚皮撐破了！

11 月 13 日，週六

語言作為人際溝通的重要媒介，其實它才是人際溝通的最大障礙。

真相往往藏身在矛盾之處。

我反倒羨慕起貓兒了，貓兒的尾巴有十八個骨節，可以表達二十四種不同的意向與感情，如此簡單直接，而且明確。

放棄了原有的尾巴，我們逐步深入人際的迷霧森林，小心啊！別再向前，再一步就是萬丈深淵。

11 月 27 日，週六

人間舞台永不退場的四大戲碼：

猶豫不決（哈姆雷特）

慾壑難填（馬克白）

猜疑嫉妒（奧塞羅）

愚昧專斷（李爾王）

　　我從未買過巧克力，若有人贈送則立即轉送他人，老實說，我喜歡的是清淡一味，但我今天破例在小七買了一塊巧克力，那是在櫃台結賬報紙時，瞥見陳列在櫃台左側的巧克力，包裝著巧克力的那張紙是馬諦斯的畫嗎？還是高更的大溪地？純粹、青春、生命力，那色彩、線條、情境捕獲了我全副的心神。

　　結賬時店員問我："你看了好幾天才終於決定要買它？"不，就在看見它的第一眼！沒什麼決定不決定，我可不是為了巧克力，我是為了這幅畫，她不懂，她永遠不會懂，在這個粗俗的世界，充斥著噪音暴力、色彩暴力、氣味暴力、網路暴力……，而這幅包裝著巧克力的畫點燃了我黑暗的心，雖然微弱，與籠身的黑暗相比。

　　今晨從夢中醒覺，腦中閃過的第一個念頭竟然是："古今聖賢皆寂寞，唯有飲者留其名。"隨即憶起許多年前，一位稚齡的小女孩把李白的〈將進酒〉背誦得如行雲流水，一字不漏。

　　末了我問她："你懂得與爾同銷萬古愁其義嗎？"

　　她竟然毫不遲疑地說："懂。"

　　她的媽媽在一旁笑開了，這是一個老靈魂。

　　事隔多年小女孩長大了，她的媽媽已經離開了這個世界，我想再一次問她："你懂得與爾同銷萬古愁其義嗎？"

12 月 25 日，週六

昨晚聖誕夜，我買了一條圍巾送給家母作為聖誕禮物，一向愛好高彩度的她欣然接受了。

當在店內的展示架上看見它的那一瞬間，我像被高壓電擊中了，剎時想起懸掛在 RT 烘焙店中那兩幅克林姆（Gustav Klimt, 1862-1918）的複製畫：〈義大利花園〉與〈玫瑰花園〉。

今晨醒來，腦中突生一念：這條圍巾的圖紋不是克林姆，更像是保羅・克利（Paul Klee, 1879-1940），他是一位抽象表現派畫家，我永遠可望而不可及的畫家，我永遠畫不出那樣深具哲思、詩意與音樂律動的畫。

2022 年

1 月 2 日，週日

晨曦照耀著大地，我在此預言：百年之後，紫花藿香薊、赤查某、酢漿草……將取代人類，作大地的主人！

1 月 13 日，週四

"這是西昌的邛海。它氣候潤澤，魚產豐富，人們生活富足。寶島台灣也是，但人們卻生活在生存的混亂與焦慮裡。" 這是我在七年多前寫下來的文句，這麼多年過去了，"混亂與焦慮" 卻是愈為加劇。

前日驚聞前立委龐建國先生滿懷憂憤，生不如死，墜樓身亡。

啊！人生真的是沒有退路了嗎？

今晨思之良久，生命與生存陷入如此之困境，我只追求由苦中逸漏出來的小小的自由與欣喜，舉例言：邀久別重逢的舊人來喝杯茶。空想不如付諸實踐，那麼現在就去按個門鈴吧！

"叮噹！"門開了，但主人正在網上聚會。

1 月 21 日，週五

這幅版刻作品出自何人之手？它所欲表達的是什麼情境？"你營營役役的一生，就是重重複複的重重複複，做著那些到那天來到時，縱有意義也被一筆勾銷的事。"引自關瑞至先生為《西緒弗斯神話》（香港商務出版）所作的導讀。

卡謬（Albert Camus, 1913-1960）只活了 47 歲，他這篇《西緒弗斯的神話》不是小說，也不是結構井然的哲學著作，而是一篇哲思隨筆，他把一段希臘神話演譯得鞭辟入裡，突然之間"某些人"省悟了，開始審視自身所存在的情境：我們的世界淪喪了人性，人們從一個集中營被送至另一個集中營，再被送至另一個集中營，結果 99% 的人成功地被造就為一部 "格式化的機器"（如 Will Durant 所言），那 1% 的清醒者呢？被驅逐至世界的邊緣。

　　如何作一個抗爭的英雄？

　　此刻簷下雨滴不停，我欲展開此書細讀，視線卻定在這幅版刻作品上了。

1 月 23 日，週日

　　卡謬在〈荒誕推理〉中如是說："思維方式大致只有兩種，即拉帕利斯方式或唐吉訶德方式。"

　　唐吉訶德方式？浪漫的、理想的思維，用心、用情、用想像闖盪在世界裡，世界因為唐吉訶德式的思維而翻騰變化。

　　拉帕利斯方式？我聞所未聞，但覺得有趣，因此追索了一下。拉帕利斯（Jacques de La Palice）是法蘭西的一位軍隊元帥，生於 1470 年，他在戰場上奮不顧身，近乎愚勇，55 歲時戰死沙場。當時士兵作詩傳誦他的英勇，其中有一句："如果他不死，人們將繼續傾慕他。" 但口耳傳誦竟致誤傳（耳朵會長毛）："如果他不死，他仍將繼續活著。"

　　簡單的說，所謂拉帕利斯思維就是：不言而喻、不証自明。再簡單的說，所謂拉帕利斯思維就是：真確的廢話。

　　生活中充斥著這種真確的廢話，例如：

　　"冷啊！多穿一點。"

　　"下雨啦！帶傘。"

　　"你要外出？不要忘記穿鞋。"

聽煩了這些真確的廢話，思緒便展開翅膀逃走了。

1 月 25 日，週二

今晨五點醒來的那一刻，我在心中大喊："奇蹟！奇蹟！我竟然醒過來了！"

在小七買報紙結賬時，瞥見櫃台上一盒盒福源花生蛋捲，我在心中大喊："奇蹟！奇蹟！祂怎麼知道我正好欠某人一盒蛋捲？"順手買了一盒。

吃罷早餐，志得意滿地踱回家，在路上巧遇買早餐的鄰居，我在心中大喊："奇蹟！奇蹟！祂安排好的，她需要一個伴。"於是我與她同行。

去公園打拳，和風徐徐，突然飄來一陣寒風，我在心中大喊："奇蹟！奇蹟！和風與寒風交替而至。"

受過重傷的左手由隱痛、顯痛而至劇痛，從肩膀痛至手指端，我在心中大喊："奇蹟！奇蹟！我痛故我在，反之亦成立。"

端詳了一下左右手掌，右手掌圓潤飽滿，受過傷的左手掌是大氣壓力偵測儀，氣壓高時它呈圓潤飽滿相，氣壓低時呈塌陷縐摺相，我在心中大喊："奇蹟！奇蹟！如原子的衰變，如分子的聚散，天與人相應如此。"

打完太極，在回家的路上，靈思仍然泉湧。

禪詩有云："花開花落僧貧富，雲去雲來客往還。"

耶穌如是說："如果懂得我話中的祕義，這人即是不生不死。"

我書寫，是因為要與你分享生命中美好的事物，即連書寫的此時，我聽著貝多芬的第五號鋼琴協奏曲〈皇帝〉，如此地昂揚奮厲，我的朋友 Claire 告訴我，她曾用這首曲子激起了一位年輕人的生命意志，這位可憐的年輕人因為失戀而自殺未遂。

　　我在心中大喊：“奇蹟！奇蹟！貝多芬的音樂真是奇蹟。”

2 月 16 日，週三

　　前日閱讀聯合報副刊，有日文譯家林水福先生（1953-）譯註之“山頭火”俳句四首：

> 默默無言，今日且將草鞋穿
>
> 葉落飄飄，樹亦醉了
>
> 浪聲近又遠，餘命剩幾年
>
> 年華老去，寒蟬思鄉聲淒淒

“種田山頭火”？似曾相識，經過一番索查，對了，是在日本老派男演員高倉健（1931-2014）的遺作《給親愛的你》電影中得識種田山頭火（1882-1940）的。

　　愛妻猝逝，高倉健根據愛妻生前留下的一些線索，開始了他的流浪之旅，終至追索到愛妻的出生地；在半途中，一位偶然相識的陌生人贈給他一冊種田山頭火的俳句集，這部電影也以山頭火的詩句作為終結。

　　想起另一部德國電影《當櫻花盛開時》，在北海之濱，愛妻猝死，老邁的丈夫藉由亡妻生前的至愛“日本的舞踏”，一路追索到東京，最後在富士山下，藉由舞踏完成了自己的生命之旅。

　　在生命的路途上，會遇見一些偶然相識的陌生人吧？或是看似熟悉其實全然陌生的身邊人？或是一隻狗、一隻貓、一隻羊？他們的一句話，一個微小的動作，或是他（牠）們的生與死，一路伴著你，直到你完成生命的旅程。

2月19日，週六

冷雨不止，我在這兒獨自欣賞 Anna Moffo 唱〈亞維儂之歌〉、拉赫曼尼諾夫的練聲曲 Vocalis，沒有任何一位歌劇女伶比她唱得更好了。

此時只宜獨樂，什麼是神聖的聲音呢？禪宗說就像能夠包容一切的天空，我以為是能夠探觸靈魂深處的聲音，如雨滴聲，甚至是寂靜。

打開羅塞蒂的十四行詩集《生命的殿堂》，在紙上列出三位詩哲兼畫家的生卒年：W. Blake, 1757-1827; D. Rosseti, 1828-1882; K. Gibran, 1883-1931。

他們三位的生卒年份是重要的密碼，暗示著神祕的生命訊息。

2月21日，週一

生命的意義？穿越生命，經驗生命中的一切。

時間是一台車，把我們從某地運送到某地，然後我們下車了。

3月9日，週三

唉，我要如何向你訴說今晨的美好？

晨六點半，朝暾已從山巒的背後跳了出來，我備上金馬車，驅車向東行，層層疊疊的山巒罩上了迷霧式的薄紗，美極了！是一種含蓄婉約、欲語還休的神祕之美；我瞇著眼，鵝公髻山就在那兒，它對我含笑宜睬，我答以微笑，橫跨時空的微笑。

　　想起塞尚，他眼中的群山是三維的幾何塊狀，而此時我眼中的群山卻是莫迪里亞尼式舒緩而柔美的線條，它不具重量，倒像是抽長的思緒，漫無邊際地綿延著。

　　從金馬車的前座，傳出 Frank 譜製的〈天使之糧〉，此曲只應天上有，若在人間？適宜在哥德式的大教堂演唱，哥德式的教堂仿自參天的樹林，神的光自林蔭的間隙灑落在陰濕的地面。

　　當我漫步在草地上，若是俯下身，我也會聽見〈天使之糧〉微風般地拂過地面，這是神所賜的禮物，我的靈魂必不至於匱乏。

　　　　　　　　　　　　　　　　3 月 10 日，週四
　　因為所有的人都是愚蠢的，所以就沒有人是愚蠢的。
　　那唯一不愚蠢的人，就成為愚蠢的人。

　　　　　　　　　　　　　　　　4 月 6 日，週三
　　已久不作長句了，不再以長句來傳達印象、情感、靈思，人們奔逐著物化的生活，思緒浮散如大氣中的浮塵，不著邊際，茫然植不了根。

　　也不作長短句了，長亭又短亭，迴轉迂旋，隱而復現，音韻之美，思緒之美，唉，便縱有千種風情，更與何人說去？

傳達思緒與情意或只需三行文字或言語，一切都快快快，不然便會得到一副不耐煩的醜臉。

哥德算是幸運的吧？上帝待他慈愛，讓他降生在文化殷盛的時代，那時歐洲的文化人莫不人手一冊他的著作，他的生命與情思綻放如櫻花，梅花薰徹三千界，但他還是唱歎著所處社會的粗鄙無文。

或是像日本那樣，日本人向來安靜不喧嘩，作詩也僅淡淡的三句，俳三句，是高山、平原、池塘，你得飛起來、落地漫行、下潛至存在的深處，然而人們卻只能在塵土裡爬行，以為所見到的眼下那一小點便是世界。

此時我佇立在樹下，思緒如樹影，移動著，由長逐漸而短。

4 月 18 日，週一

行經公園，總會見到三隻流浪犬躺臥在青草地上，或酣睡，或沈思，見此情景，我總是情不自禁地默唸起大衛王美麗的詩篇：「耶和華是我的牧者，我必不致缺乏。他使我躺臥在青草地上，領我在可安歇的水邊。他使我的靈魂甦醒，為自己的名引導我走義路。」

德國詩人海涅說得俏皮：這個世界是諸神宴飲之後某位醉了酒的神，酣睡在青草地上於夢中創造出來的，一旦祂醒來，這個世界隨即消散一空。

說也奇怪，我一直覺得行走在這個世界的"自己"其實僅是個"分身"，而本尊正躺臥在另一個世界遍開著野花的青草地上，酣睡著，作著夢。

我們在夢中創造著自己的世界，直到靈魂悠悠然地甦醒，驚歎著："啊，原來如此！"於是我們站起身，拍去身上的塵土與青草，再去參加另一場芭比的盛宴。

4月23日，週六

書，讀著讀著，心中的恐懼與焦慮漸次消失。

人們對財貨、權力的貪婪是無窮無盡的，而財貨與權力究竟有限，爭相競逐的結果，瞧，就是每天所眼見的、所耳聞的，這種種情狀就不勞我細述了。

保持著"澄明無染"的心，維持著基本的生活，不假外求，焦慮與恐懼的火苗自然熄滅。

但是，最大的焦慮與恐懼來自於生命的必然：死亡。

當我讀著書時心裡想：那些我所熟識且衷心仰慕的人物，陶淵明、蘇軾、良寬禪師、池大雅、松尾芭蕉、與謝蕪村……俱已不在此處了，他們都在彼方，彼方較之此處要有趣太多了！既然如此，死亡何懼之有？

舒伯特 31 歲就謝世了，有人說：舒伯特現在正漫行在宇宙中。他必然腳步輕盈，不像在《未完成交響曲》中那麼沈鬱，被形容是"來自地獄的跫音"。

若能與舒伯特或良寬和尚在宇宙中相遇甚至同行，我將感到暢快無比，但先得縱身來一個"量子躍"，量子躍？即此界凡人所稱之的死亡，其實是粗重物質轉換為精微能量的過程。

若是執著太深、抓得太緊，怎能輕盈的一躍？

良寬和尚應小朋友之請，在風箏紙上信筆寫下："天上大風良寬書"，這張紙就這麼流傳了下來；清晨我開著車奔馳在快速路上，"天上大風"四字飄忽在我的心眼，然後我莫名其妙地想起了樂聖貝多芬。

貝多芬，一位生命的意志強人，表現在音樂上，虎嘯山林，矯龍行天，唉，我沒有再好的形容詞了，若"人"果然是神的創作，那麼貝多芬所展現的是神的靈思、神的美意，他演繹了一部新約聖經，沒有人比他演繹得更滂薄大氣了！（巴哈、韓德爾……是舊約聖經）。

貝多芬比莫扎特的運氣好，他時代稍晚，工業革命所產生的中產階級捧紅了他，他日進斗金，邀約不斷，有一次他寫著樂譜時喜孜孜地說："我寫完它，便可解決一位朋友經濟的困窘。"

但是，成也工業革命，敗也工業革命，貝多芬嗜吃捕撈自多瑙河的魚，那些魚被河岸林立的工廠所排放的廢水污染了，貝多芬死於肝病。

至此我突然明白了！為什麼想起貝多芬？

兩百年前興起的工業革命，以至今日如盤絲洞般的商業主義，留下了無法解決的爛攤子，再加上便利卻緊迫得令人無法呼吸的現代生活。

我懂了，一昧追求富貴所產生的弊害，唯有以"清貧簡素"來救治。

天上有大風呢！

風箏在天空乘風飄搖，地面上孩童歡笑聲不斷。

在中野孝次的《素樸生活》書中（王麗香譯），他引用了歌人前登志夫的作品：“春寒／群樹寂靜／樹液迅速攀爬／尖梢頂”，讀至此，我立即聯想到德語象徵派詩人里爾克那首關於樹的詩，我因此詩而與樹結下了深厚的情緣，我學著里爾克：

當我倚靠著一棵大樹

撫觸它剝落的皮，以及斑斑的傷痕

心砰砰的跳動，體內溪流泊泊地流

當我感受到詩人里爾克的感動

身上文明的華服寸寸碎裂，

長出昂然的枝葉

雙足深入大地

旅行到不可知的遙遠的彼方

當世間的喧囂倏然靜止

我聽見自己的歡唱

搧動羽翼的轟然雷鳴

一隻草螟的夢囈，

以及草尖上淚珠的滴落

昨天當我走在樹林時，心裡想著法國文豪雨果，他在煩悶枯竭時總要走進樹林：“樹啊！你了解我的靈魂。”於是他的靈魂被滋潤了，重新甦活了起來。

5 月 13 日，週五

壁上所懸之畫題字曰：“投鼠本來能忌器、緣何小醜尚猖狂"，繪者是我的啟蒙老師鄭坦，字緒平，以字行世；作此畫時為民國 72 年，歲值甲子鼠年，又或鄭師有感於江山淪落、小人橫行、國運蹇窒，哀憤而作吧？

畫上鈐有兩印，一為姓名印："鄭氏緒平"（作迴文），押角大印為："黃鐘毀棄、瓦缶雷鳴"，此印現存我處珍藏。

作畫之後四年，歲值辰龍，先師仙逝，得年八十六歲。

如此又過了三十五載寒暑，我也老矣，人世滄桑，世變日亟，突想起此畫，深感有愧於先師，乃斥資重新裝裱懸於壁。

現在，看哪，老畫懸於新壁，豈非很合時宜？

5 月 16 日，週一

人生中充滿著數字。

月薪多少？存款幾何？房屋幾棟？家人幾口？勞保計算公式？養老金足夠嗎？保險理賠幾成？學費或私塾授業金？GDP？蘇世比拍賣價格？確診數字？中重症與死亡人數？打了幾劑疫苗？取款密碼？登入密碼？銀行賬號？保險箱號碼？電話號碼？第幾號登機門？3＋4？7＋10？身份証號碼？尾四碼？生日？卒日？統一編號？信用卡 12 碼及 3 碼？有效日期？食品保鮮日期？……

如天羅地網般的的數字人生，遮蔽了天地的大美、生命的本真。

但你有翅膀啊！飛起來吧！

5 月 24 日，週二

簷下雨滴不停……，何以遣懷？削鉛筆吧！為什麼要削鉛筆呢？而且還是高難度的削鉛筆？鉛筆拿來做什麼用呢？唉，一言難盡，長話不宜短說，等我削完鉛筆再說吧。

5 月 25 日，週三

昨天削了兩支 2B 鉛筆就停工了，削鉛筆這種事需要心、眼、手並用，而我心急切、眼昏茫、手僵直，我不逼迫自己，事緩則圓，一天削兩支足矣。

時至今日鉛筆在文具店不受青睞，退居晦暗的一角，像我這種欣賞鉛筆之古樸自然的人少之又少，我為鉛筆悲憐，我愛把流浪在外的鉛筆帶回家，悉心養護，讓它們的生命發光發熱。

我可能遭到他人的訕笑："這都什麼時代了！螢幕觸控、聲控……，誰還用鉛筆寫字呢？"但我要很不禮貌地回答："比起你們背著、提著名牌包包、腳踩高而貴的鞋、掛滿全身的珠寶、臉上濃重的胭脂……，手握一支素樸的鉛筆是多麼地風雅！"

慢慢地削著鉛筆，嗅聞著松木散逸的清香，我的心悄悄離身而去，心在山河大地中徜徉。

5 月 26 日，週四

若要問我："近日聽到過什麼好話？念念於心的？"

有啊，幾天前聽陶晶瑩說："一個人是天堂。"似是應和了法國某位作家的名言："如果你嫌自己還不夠孤單，就去結婚吧。"

倡導清貧與簡素的中野孝次說："站在你面前的是你自己，唯有你自己。"

5月27日，週五

鉛筆的芯是用石墨與黏土混攪均勻，再壓製而成的。

製作筆芯的石墨與黏土比例有別，石墨佔的比率愈高則愈為軟且黑，一般分作 2HB-10B 十二個級別，市面上經見的書寫鉛筆是 HB，筆芯硬且色淡，大型考試要求以較濃黑的 2B 鉛筆作答在電腦卡紙上，以便於讀卡機識別。

鉛筆之所以名為鉛筆，其實並不含鉛，只是因書寫的線條呈現鉛色之故，鉛是很重的礦物，若以鉛作筆心，除非你有鬼斧神工。

雨不稍歇，仍然大雨滂沱，遠望群山隱沒，天空愁慘不開，樹木為雨水摧折，地面積水盈寸，此時正宜品茗、讀書、寫字、作畫等等，先來削一支鉛筆吧，若興緻來了可在書上評點，在紙上塗鴉。

這是一支全新的 6B 鉛筆，尚未入世呢！它的芯生澀而脆弱，容易受到傷害，我得小心翼翼地對待它，我們倆，人與筆，將彼此相伴，穿行世間，留下鉛色的足跡，再被"時間"這個橡皮擦輕輕地抹去。

5月29日，週日

字為心畫。

古人傳遞思想與情意往往親筆為之，古早人以軟筆，近世人以硬筆，或一頓一挫，或絲縷不斷，或飛揚悸動，或拋弦天際，或虎嘯龍行。

據字跡，想見其為人，與之交鳴應和。

現代人已不執筆寫字了，取而代之的是在螢幕上畫字、在鍵盤上打字，那些是僵硬沒有生命力的文字，我無法感知那堆符號之後的喜怒哀樂。

看不見你的靈魂，令我迷惘且焦慮。

我用鉛筆寫下了兩行字，朋友，你看到我的靈魂了嗎？它飛不起來，被困在遍地荊棘的世間，步履艱難地顛躓著。

6月5日，週日

讀吉田兼好的隨筆《徒然草》。

所謂"徒然"，即如法師於〈序段〉中所言："百無聊賴，終日于硯前枯坐，心中諸事紛繁，遂信手而書。"

甚好，甚好。

素不喜什麼宏論博旨，我就愛文人的隨筆、畫家的草圖、音樂家的即興曲……自然、清淡、純樸這一味兒。

讀著《徒然草》，儼然與兼好法師對坐沈默，法師偶或開口數語，話語中清香撲鼻，如第十三段中所記："孤燈獨坐，披卷品讀，古人為友，甚感樂慰。" 法師所友的古人有《文選》、《白氏文集》、《道德經》、《南華真經》……，是法師在放棄了塵市逐求之後，於閒謐中往來的知心好友。

讀書是"獨樂"，讀書若有所得，欣喜之餘願與知者互為響應，是為"眾樂"，獨樂易而眾樂難。

看過電影《仙人畫家～熊谷守一所在之處》之後，我特別喜歡熊谷守一書寫的"獨樂"二字，只要閉著眼睛，心情沈靜，獨樂二字就會出現在心目中。

獨樂之樂，日日況味。

我亦以眾樂為樂，但情境與知者難求，乾隆在梁楷所畫〈潑墨仙人圖〉上題曰："何處覓"，唯能於書中與古人交會了。

今晨行走在滂沱大雨中，我欣悅地想："樂於享受孤獨的人是幸福的，他的生命比任何人都來得豐盛。"

隱居在華騰湖畔的梭羅，把他的欣悅寫在《湖濱散記》裡："我樂於孤獨，孤獨讓我的世界變得寬了。"

孤獨，讓眼睛看見了平常視而不見的，也看見了以肉眼無法看見的。

孤獨，讓耳朵聽見了宇宙萬籟，也聽見了寂靜。

孤獨，讓心融化，心探觸到存在深處的消息。

坐在"小奇書屋"裡，吉田兼好法師對我說："只需適時適地，則萬物無一不美。"適時？孤獨之時；適地？不在此、不在彼，在遍一切處。

我，孤獨而欣悅，坐擁存在之大美。

7 月 21 日，週四

炎炎夏日，何以消暑？午眠一覺，喝幾口浴佛香湯，揮毫寫幾個斗大的字，讀幾頁哲人的思想。

孔子說："獨樂樂，不如眾樂樂。"

郭某說："獨樂之樂，欲語還休。"

7 月 30 日，週六

今晨報載：極端化氣候來襲，歐洲酷熱難當，法國政府擬綠化巴黎、整治公園草坪，為此將砍掉十餘棵包含有百年歷史的梧桐樹，結果引發了眾怒。

作曲家韓德爾在《澤克西斯》（*Xerxes*）歌劇中有一首莊嚴神聖的極緩板詠歎調，我試譯如下：

波斯大君澤克西斯倚靠著一棵俊偉的法國梧桐，緩緩唱著：

樹啊！樹啊！你是我靈魂的安憩所

輕柔美麗的樹葉

我至愛的梧桐樹

願命運對你微笑

願風雨雷電都打擾不了你的寧靜

願你不為狂風所摧折

你的樹蔭如此溫柔可愛

沒有任何植物堪與你相比

8 月 3 日，週三

自從工業革命以來，挑起了人類愈來愈高漲的慾火，歷經兩百年至今，地球快要被我們人類摧殘殆盡了！清末亡國之際，革命黨人志欲救亡圖存，發行流傳兩份刊物：《警世鐘》與《猛回頭》。（為同盟會陳天華烈士所作）

警世鐘！迴盪你心？還是聽若罔聞？

猛回頭！你是愛拚才會贏？還是回返樸素與自然？

你被政治與社會的大機器"調教"得很好，你被"制約"了，直白的說，你被"洗腦"了，你可能還不如一具人工智慧的機器人，可不是嗎？放眼望去，人沒有個性，只有共相與共同的假相，沒有靈性，只有塑膠味與脂粉味。

我聽見了警世鐘聲！

9 月 11 日，週日

今晨閱報，喜見終於有識者提出"學者身後藏書"這個議題。

我曾有藏書無數，多年前分批捐贈各圖書館，自己辛苦運書、提書不說，還頻遭圖書館員的白眼，甚至幾年後瞥見捐贈的藏書仍原封不動地堆在倉庫，未蒙編碼上架。

惜哉！痛哉！圖書常是新不如舊，而舊書竟被嫌惡若此，多年後舊書可能被判為珍本書、善本書，但來不及了，已入了蠹蟲之口。

四十餘年前，我常流連於台北重慶南路之書肆，商務印書館是我必去的據點，那時買了一套影宋善本《南華真經》，宋版書真是太美了！美極了！此正其時，適合我這雙昏茫的老眼，慶幸當年沒把它捐贈出去，不然豈不便宜了蠹蟲？

現值金秋九月，自己的人生已漸入晚秋，此時不讀更待何時？主意定了，上午為我的《隨想集》潤稿，下午讀《莊子南華真經》，兩翼雙飛，馳騁時空，方為快意人生！

9 月 21 日，週三

雖然我知道有人正痛苦地躺在病床上，雖然我知道有人正忙碌地張羅著全家老少的早餐，雖然我知道有人輾轉於床徹夜難眠，雖然……此時我還是忍不住要宣示：

"現在的我，身與心浸沐在溫煦的晨光下，多麼怡悅美好！"

11 月 15 日，週二

有些是你戴上眼鏡才看得見的，有些是你不戴眼鏡才看得見的，有些是你目盲之後才看得見的。

日本有一位智者，他在完全瞎了眼睛之後說："太好了！從此我可以看見了。"

我有一位朋友，她收養了一隻瞎眼的老貓，為貓取名為"心明"。

那些最便利我們的，往往是最障礙我們之物。

昨晚聽著那的聖者薩古魯（Sadhguru）說："如何開啟你的第三眼？有兩個方法，一是完全淨空你的心，二是把世間萬物收納於你的心。"

薩古魯說第一種方法比較好，大概是因為"淨空"比"收納"要來得容易吧？

沈寂幾天之後，太陽神阿波羅登上金馬車，出發了！宙斯派出兩隻老鷹為之前導；地上的世界將重為光明所照臨，"光明是好的，黑暗也是好的。"出自《聖經》，那麼〈約伯記〉裡的約伯呢？他如何看待光明與黑暗？

我們行走於世間，歷經艱難險阻，歡樂如同金光，時而穿過雲層，照亮我們恐懼顫慄的心。主啊！不需賜給我聰明智慧，聰明智慧招來痛苦，願賜給我善良寬厚，善良寬厚常生喜樂。阿門。

12 月 18 日，週日

清晨走出去，雖然所有的人都警告我不得外出，但我已瓶無儲粟了，總不能讓自己饑寒交迫吧？走在路上，覺得像極了紐約的冬天，已不是冷了，而是寒凍逼人！

在市場尋尋覓覓，帶了一些補給品回家，尚不止於此，在來回的路上，我尋覓著一些似有若無的思緒，思緒是為美，它將停駐在我《隨想集》的自序裡，自序是點睛的一筆，寫完自序，《隨想集》就會飛起來，巡曳於靈視的天空，我們將在那裡相遇。朋友說："這將是你最好的一本書。"然後她又補了一句："這書裡處處穿梭著我的身影。"

我莫名其妙地想起寫《四季隨筆》的英國作家季辛，他也步行在寒凍的冬天，因為他把僅有的錢拿去買了吉朋的《羅馬帝國淪亡史》，此後他再也沒有錢坐公車了，也買不起可裹腹的食物，他四十餘歲的生命常處於饑寒交迫之中，但他總是心懷感恩與感動。

回到家，我沏了一杯熱氣騰騰的伯爵茶，又切了一塊米日客的蜂巢蛋糕，真好，我想：〝我有什麼理由不心懷感恩與感動呢？〞

12月20日，週二

讀著葉慈的詩：*Anashuya and Vijiya*，在印度黃金時代的一座小廟，關於一個人擁有兩個靈魂，一個靈魂醒來而另一個靈魂睡去，一個靈魂只知道晝而另一個靈魂只知道夜……。

葉慈的詩美極了，鋪陳之美，幽玄之美，勾起我無窮的想像，我這只擁有半個靈魂的人，既喜愛沈浸於幽寂婉約的夜，也嚮慕燦然熱烈的日……。

我輕輕闔上葉慈的詩集，走出印度小廟，遠離人世愛恨情仇的糾纏；我回到自己高樓上的書齋〝無餘堂〞，站起身，環顧四壁，陽光！這意外的訪客，已在此流連多時了。

12月21日，週三

沈浸在神祕的東方文化的詩人與哲人，方能成就其深刻與偉大，二十世紀愛爾蘭詩人葉慈是，十九世紀德國的哲人叔本華與詩人海涅也是，除此猶數不勝數。

海涅傾慕印度，戲稱自己是〝印度的大君〞，但很快又改了口，說自己是〝從印度的詩歌裡誕生的〞，他有一首詩〈乘著歌聲的翅膀〉，由音樂家孟德爾頌譜成輕靈悅耳的歌曲（海涅的詩被音樂家譜為曲調的，其數量尤勝於歌德）：

乘著歌聲的翅膀
親愛的請隨我隨往
去那恆河的岸邊
我所知最美的地方
（節略）

翻閱 2019 年出版的《幻想之翼》，頁 114，可見全詩之中譯，海涅的詩與孟德爾頌的曲俱美，堪稱靈魂的雙翼。

我從來不曾也不願前去印度，頂禮這宏富且深邃的東方古國，印度和這世界其它古老文明所發出的陰濕惡臭，令我恐懼、顫慄而且深惡痛絕。昨天看了一部印度電影《止水上的浮花》的介紹（*Water, the moon river*，有多種中文譯名），關於印度寡婦悲慘的命運，不，不是命運為之，是人為之，是古老文明的殘害。

叔本華說："文明是件好事，但人類什麼時候才會有文明？"印度已逝的聖哲如泰戈爾、甘地、克里須那穆提⋯⋯與我所崇仰的奢那聖者薩古魯，如何看待充斥於大地與空氣中的污腥？

神，請拔除蔓生在宇宙行星地球上的諸多惡華吧！

12 月 24 日，週六

冬日的清晨，朝暾即將盛裝登場——
Wake! For the Sun, who scattered into flight
The Stars before him from the Field of Night,
Drives Night along with them from Heaven, and strikes
The Sultan's Turret with a Shaft of Light.

立即映入心扉的是這首詩，波斯詩人與天文學家奧瑪開儼（Omar Khayyam, 1048?-1131?）的《魯拜集》編號第一首，原是奧瑪開儼的隨筆集，七百年後被 Edward Fitzgerald（1809-1883）衍譯並改寫為四行詩，集結為《魯拜集》，是我的至愛詩集，有多種中譯，但令人絕望的是：詩是不可翻譯的！望著東方的天幕，我想著的是其詩的第四句——"蘇丹的尖塔佈滿光之箭矢"。

約半小時之後，神轉目下顧，射出光之箭矢插滿在草地上，我像一位尊貴的國王般，邁步在枯葉鋪成的地毯上，腳下的枯葉發出滋滋的碎裂聲，它輕聲問我："何事煩惱？何故憂懼？"我無以為答，我想："唉，我這遲鈍的人，生命原是不留痕跡的，難道我還不明白嗎？如同腳下的枯葉，發出的輕靈細小的碎裂聲，那是多麼無私無懲的存在啊！"

12 月 25 日，週日

當半個世界籠罩在冰雪風暴的時候，我卻享有至福，怡然漫步在南國樹林中，仰首天空湛藍，群樹浸沐在亮麗的陽光裡，遍地閃耀著光光點點，偶聞幾聲鳥鳴唧唧 —— 我被眼前的幸福迷醉了，心想自己究竟置身於何處？

是 James Hilton（1900-1954）所描述的"失去的地平線"（Lost Horizon, 1933）嗎？穿過冰雪與洞穴，赫然現前的"香格里拉"？還是武陵人誤入的"桃花源"？還是累世苦修以求的"香巴拉"聖境？

穿出樹林，眼前卻是設有人工建物與警示圍欄的海濱，我回到塵世了。

附 錄

附錄一　鵝的山寨

　　植樹節的後一天，前往朋友的山上農莊一遊，農莊主人五年前買下這塊山坡地，鳩工闢出上、中、下三塊平台，下層平台設為主人的居所，中層平台隔為兩處：一處是雞舍，另一處是五隻壯鵝的山寨，上層平台是綠意盎然的菜園。

　　我們循序漸上，先參觀了主人的居所，再提著兩桶飼料，飼餵饑腸轆轆的雞和鵝，最後攀上菜園，收割滿滿一籃子的菜蔬；從菜園下來經過鵝的山寨，五隻鵝已經飽腹了，正值國富力強，牠們伸出長頸、昂著頭呱呱大叫，對闖入者群起而攻，甚至還咬了我兩口，駭得我落荒而逃。

　　記得我小時候養過雞，和鴨作過朋友，曾被火雞追咬，但從不曾與鵝輩有過近距離的接觸，我只知道鵝是東晉名士、一代書聖王羲之的最愛，他手抄一部《黃庭經》以與道士陸靜修交換一籠肥鵝，不過也發生過像"焚琴煮鶴"那樣的悲劇：王羲之聽說一位鄉下老太婆養了一隻白鵝極美，欲探訪之，老太婆知有貴客將臨，乃宰鵝設饌以待客，當王羲之得知桌上之肉為何物時，不禁扼腕嘆息。

　　既從農莊歸來，我對這五隻壯鵝一直念念不忘，朱耀沂先生有《蜘蛛的博物學》一書之作，我很是佩服他，博物學已快式微了，索性我也不揣淺陋試作一點兒鵝的博物學研究吧！

　　據云：鵝在生物學上並非一種獨立的物種，乃"鴻雁"或"灰雁"的變種或亞種；清代著錄中不乏見野鵝，亦有經人為蓄養而馴化的家鵝，稱為"中國鵝"（Chinese Goose），分為"棕黃色"與"白色"兩種，那天在山上農莊追咬我的是黃棕色，而王羲之喜愛的是白色，不知書聖是否也曾被白鵝追咬？

野鵝之被馴養始於何時？

首先，在甲骨文和兩周吉金文中都不見有"鵝"字（朋友提醒我，甲骨文中有"雁"字，確實如此，甲骨文中不但有"雁"字，還有"鴻"字。）因為商周文書所載者為"祀"與"戎"等大事，而祭祀大典中所獻祭的三牲、五牲，鵝不在其中，故甲骨文與吉金文字不見鵝字，但不能因此而否定民間生活中家鵝的存在，我的推想是：最晚在東周時代鵝已是民間普遍飼養的家禽了，此時朋友又送來一條資料，出自春秋時代政治學與經濟學的巨著《管子》："鵝鶩（鴨）含休絑"，是春秋時代鵝與鴨俱為民間蓄養的証據。

再以古代博物志的寶典《山海經》來說，此書之成書雖在東周晚期，但此前經口耳相傳或已有千年之久，古人更遠推至治水患而遍歷山川的大禹。在書中《五藏山經》記錄了許多飛禽、走獸、潛魚之類，但卻不見鵝的大名，這反倒讓我鬆了一口氣，因為大凡山經所載的生物無不具備"珍、奇、怪"的特性，而習見之物則未被納入。

《山海經》中家鵝的不存在，是否反証了家鵝的普遍存在？

最直接而具體的証據出現在東漢時代的字書《說文解字》："長脰（頸）善鳴，峨首以傲，故曰鵝。"對鵝的觀察與形容十分貼切。那麼根據字書，鵝何以得名為鵝呢？此字由聲符"我"與意符"鳥"兩個部份組成，凡以"我"作為聲符的字，如娥、峨、鵝……，都具有"大、壯、美"之義，鵝體形壯碩而意態優美，獲此美名乃當之無愧，至於為什麼"我"具有大、壯、美之義？那又是另一番故事了，此不敘。

有另一古本《禽經》，傳為春秋時代以"善聽"名世的樂聖師曠所作，西晉博物學家張華為之作註。此書對禽鳥作了十分細密的觀察並據以歸納，例如書中說："鳴則引吭，善啼鳴，頸長也。"但凡頸長的禽鳥善於鳴啼，這正好消釋了我多日以來的迷惑：世間萬物的長成，總該有個道理吧？為什麼鵝有個長脖子呢？《禽經》給了我答案：善鳴故頸長，善鳴是牠賴以求生的技能，以呱呱大叫來示警同類並恫嚇來犯，《禽經》不也說了嗎？"鵝見異類差翅鳴"，所以民間蓄養家鵝以看守門戶；鵝的功用尚不止於此，《禽經》又說："鵝鳴則蜮沈，養之園林，則蛇遠去。"蜮是水裡一種含沙射影的怪物，蜮怕鵝，蛇怕鵝，我也怕鵝。

行文至此，不禁哼唱起童年時習唱的歌謠：

　　我家門前有小河　後面有山坡
　　山坡上面野花多　野花紅似火
　　小河裡有白鵝　鵝兒戲綠波
　　戲弄綠波鵝兒快樂　昂頭唱清歌

附錄二　一張明信片

THEY ARE THE EYES OF EQUALS
—TURGENIEV—

朋友送給我一張明信片，我把它置於案前，每日對望，參酌著明信片上的圖畫與文字，漸漸地，我感覺它不再是一張紙質的明信片了，而是四顆溫潤的心靈會聚於此。

　　我肉眾生肉　名殊體不殊　原同一種姓　只是別形軀

　　如弘一大師的題款，這是北宋朝黃庭堅（1045-1105）的詩，黃庭堅是蘇門四學士之一、江西詩派的宗主、書法藝術的承先啟後者，這麼一位才氣縱橫的學者藝術家，很罕見地並不恃才傲物，他是一位謙沖磊落的君子，事親至孝的孝子，誠篤的佛教信徒，禪門的行者。

　　我想起那碗"芹菜麵"的故事。

　　那年黃庭堅二十六歲，剛考取進士，被分發到江蘇作官，他的人生正要起飛。某日午睡時，他夢見自己來到一處宅院，門前擺了一張供桌，供桌上設有一座亡者的牌位，一位老太太手捻柱香唸著某人的名字，聲聲呼喚著："來吃啊！來吃啊！"此時黃庭堅突然覺得饑腸轆轆，捧起麵碗，囫圇地吃下了肚。

　　當醒覺時，齒頰間還殘留著芹菜麵的清香，心中不無奇怪；第二天午睡時，同樣的夢又再作了一次，醒來時同樣是芹香滿溢，這回他按捺不住了，決定一探究竟，他走出衙門，循著似曾相識的小徑，左拐右轉，竟然找著了夢中所見的宅院！他扣了門，前來應門的正是夢中所見的老太太，老太太延請他進入廳堂，堂中一張供桌、一座亡者的牌位，和夢中所見一模一樣，令他驚詫不已。

　　"這是我的女兒，她在二十六年前病故了。"

老太太指著供桌上的牌位說：

"她在世時吃齋唸佛，平素最喜歡吃芹菜麵，臨終時囑咐我逢忌日供一碗芹菜麵，她一定會回來吃麵，昨天是她的忌日。"

黃庭堅注意到牆邊立著一個書櫃，櫃裡存放著書籍和文稿。

"這是誰讀的書？"同是嗜書之人，他很好奇。

"我的女兒在世時喜歡讀書，也擅長屬文，這些書全是她的遺物，但書櫃上了鎖，她沒有告訴我鑰匙置於何處？所以二十六年來這書櫃始終原封未動。"老太太不勝唏噓地說。

話聲才落，黃庭堅似有所感，他東摸西索的，很快就在牆縫中找到了鑰匙，打開書櫃，大為驚奇，多是自己平時所讀之書，再翻閱文稿，更是不敢置信，全是自己從前參加科考時所寫的文章，這時他明白了，這位在二十六年前病逝的女子，正是自己的前身。

這個悲欣交集的故事有個完美的結局：黃庭堅迎請老太太（即前世的母親）回自己的官舍，晨昏定省，奉養至終老。

至此，突想起黃庭堅於七歲稚齡之年所寫的一首詩：

騎牛遠遠過前村　短笛橫吹隔隴聞

多少長安名利客　機關算盡不如君

此詩不見童稚的純真，卻如老樹秋風般的冷峻深刻，人嘆曰："這童子如此早慧！"其實，若那碗芹菜麵非為後人杜撰，則黃庭堅的早慧應是"宿慧"。

印在明信片上的黃庭堅詩，為佛門教誡護生時常引用的"戒殺詩"，配上弘一體的書法，可謂佛門雙璧。但有一事令我不解：身為藝術家的李叔同與身為佛門律宗高僧的弘一大師，其間的轉折是一個漸進的過程？還是劇變於突然？最近我有了答案。

書為心畫，由此觀之。

未出家時的李叔同，才性聰慧（或亦由宿慧來），凡所學如音樂、文學、戲劇、繪畫、金石……皆成就斐然，堪稱全才藝術家，若此生改學工程、醫學，必也是優秀的工程師或濟世的良醫。

就書法領域而言，李叔同尤喜碑學，凡臨寫石鼓、嶧山、石門、天發神讖、張猛龍、爨寶子等無不臻於精妙，他是出類拔萃的藝術家與藝術教育家，他的生命若就此一路走下去，應可在中國近代藝術史上留下精彩的一頁，但卻不會像後來出家為僧那樣的“刻骨銘心”。

他生命的轉折發生在三十九歲時，將近不惑之年，他入西湖虎跑定慧寺斷食十八日，斷食期間茹素、讀經、禮佛，頗有感悟，遂於半年後斬斷塵牽、剃度出家，從此藝術家李叔同轉而為佛教律宗弘一法師。

初出家時，原本盡棄藝事，專致於修行，後來應范古農等人所請，幡然改念，乃以佛教音樂、抄寫經偈等藝事來接引眾生，觀其初入佛門時所抄寫的經偈，才華橫溢，鋒芒外露，仍未脫去在家習氣，後來承淨土宗尊宿印光大師的點化方才了悟，就此滌心靜慮、酌磨再三，終於成就其獨特的“弘一體”書法，不慍不火，清淨無染，垂手肅立，字如“古佛之容”。

當如何看待弘一大師的書法？可以世間美醜視之嗎？我為此苦悶著，不知如何破斥世間俗見，巧於此時讀到熊秉明先生一段明言，他言及書法的境界有三，由低而高依次是：技、藝、道，此言如一記響雷，令我豁然開朗。

所謂"技"，舉凡起筆、收筆、撇、捺、鉤、轉折等以及結體造形，皆有其規矩法度，如王羲之裔孫智永禪師發明"永字八法"，唐朝歐、顏、柳等亦各有其法，大凡習書者皆從各家法度勤習苦練，凡庸駑鈍的師父與弟子無不困死於此，無能超脫，優入化境。

而資性超邁者終究不為法所縛，他們拳打腳踢，脫去層層框架，表現生命與存在的各種情境，如王羲之的優雅清逸，如張旭的狂放縱恣，如懷素的龍蛇競走，如蘇軾的鬱鬱芊芊，如黃庭堅的長鎗大戟、跳脫活潑，如米芾的快劍斫陣、草葉翻飛，無不生機湧現、元氣淋漓，優入藝術的妙境。

難道這還不是書法的最高境界？

不為法縛，亦不為法脫，泯除黑白、高低、左右、舒密、潤燥、收放、伸縮、疾澀、馳驟、奪讓、動靜等世間"二元對立"之相，與道冥合，歸於一真，這是書之"道"。書法不是目的，而是參禪悟道的途徑、工具、法門，終而展現內心証悟的境界，是否人牛俱忘？翰墨化作煙雲？尚有蹤跡可尋否？

道家有入於道之書嗎？雲鶴遊天，飄然高舉，傳為陶弘景所書之《瘞鶴銘》是；佛家有入於道之書嗎？空靈肅穆，自在安祥，泰山、葛山、鐵山、尖山等摩崖刻經是。

"這也是書法麼？倒像是小孩子寫的字。"若有人見弘一大師字而問。

"是像小孩子寫的字，卻不同於小孩子的字。"我將如是回答。

"啊？"

"弘一大師從赤子的純真為起點，在真實的人生裡結結實實地滾過了一遭，最後復歸於赤子的純真，這是經過洗與鍊之後的純真。"

這是弘一體的書法，也是弘一的生命。

豐子愷（1898-1975）身為弘一大師的受業門生，以漫畫與日、俄文翻譯名世，他們師生兩人合作《護生畫集》，一畫圖、一題字，是近代佛門也是近代藝術史上的一段佳話，朋友送我的這張明信片，即是出自《護生畫集》。

偶而我會思考豐子愷的漫畫風格是如何成形的？

最近我頗著迷於日本畫家竹久夢二（1884-1934）的畫，就在閱讀著竹久夢二畫冊中的說明文字時，一個熟悉的名字突然冒了出來，豐子愷！文中提及豐先生當年留學日本，在舊書店看見竹久夢二的畫冊，如獲至寶，心想原來也可以這樣作畫，豐子愷受到竹久夢二的啟發乃逐漸形成了自己的風格。

但豐子愷漫畫的內容迥異於竹久夢二，他既不像竹久夢二那樣耽溺於夢幻式的美，更不像恩師弘一那樣不染塵俗的出世風格，豐子愷出身於子女眾多、和樂融融的大家庭，他自己後來也組織了一個規模不算小的家庭，他以天倫為樂，他的淨土不在彼方、也不在夢境，而是落實在人間。

他細膩而幽默地描繪兒女的憨態、平凡家庭的喜樂、社會千奇百怪的現象，他更推個人的小愛為對國家、民族、同胞的大愛，再推為佛家眾生平等的廣慈博愛，他的漫畫作品雖無法登上藝術的最高殿堂，但確是把藝術拿來"用"的典範。

這幀題為"平等"的漫畫，引用了屠格涅夫（Ivan Turgeniev, 1818-1883）的一個句子作為畫之眼：They are the eyes of equals. "They" 所指為何？若能找到此句的出處，參考前後的文意，當可明白，但出處何在？

奇怪得很，世界好像總是隨著我的心意在打轉，幾天前在整理書櫃的當下，有一本輕且薄的口袋書似有話要對我說，它急著從散亂的書堆中跳了出來，書名是《屠格涅夫散文詩》，我逐一翻閱目錄，在三十九至四十頁有一篇〈狗〉：

我們兩個在屋裡：我的狗和我。……屋外的暴風雨正咆哮著。

這隻狗坐在我的面前，直瞅著我的面孔。

我也看著牠的臉。

牠好像要告訴我一些事情，但牠是喑啞的，牠是沒說話，牠不瞭解自己，但是我卻瞭解牠。

我明白這當兒牠和我都活著同樣的靈感，在我們之間沒有什麼兩樣，我們是一樣的；我們都炙燃著閃耀顫動的火燄。

死飛下來了，帶著它那淒冷的大翅膀……

一切終結了！

那麼誰還能辨認出在我們雙方閃爍的是什麼火花？

不！我們面面相覷的絕不是一個牲畜和一個人……

它們是平等的眸子，那些眸子緊盯著對方。

人和牲畜，生命是一樣的，在恐怖之下，便緊緊地擁抱在一

起了。　　　　　　　　　　　　　　　　　一八七六年二月

　　這本書未署譯者的大名，在我們年輕的時代，作者、譯者若是陷大陸，都被隱去其名，就譯文的語調而言，我幾乎可以確信譯者就是豐子愷，他譯了屠格涅夫的散文詩〈狗〉，並且畫了畫，題上了"平等"二字。

附錄三
一切施國王的不抵抗主義以及一個世俗人的觀點

我在佛經裡讀到一個故事：

一切施國王，顧名思義，是一位樂善好施的好國王，在他統治的國度裡，人民都能安居樂業，過著幸福美滿的生活。鄰國的人民很嚮往這一片人間樂土，紛紛舉家遷移於此，於是一切施國就愈來愈昌盛繁榮了。

（完美！對於完美，我一向感到恐懼戰慄，這個故事從一開始，就令我嗅到了不祥的氣息。）

鄰國的國王警覺到他的人民與財富正在大量流失，他既憂心又嫉妒，有一天，他的嗔恨心像火山一樣地爆發了，於是他帶領著軍隊，怒氣沖沖地去攻打富庶的一切施國。

（你看吧！大禍臨頭了！）

在這大禍臨頭、人心惶惶的時候，一切施國王竟然毫無迎戰的意願——“鄰國來犯，為的是我國的領土與人民，我佈施給他們便是了，犯不著為此大動干戈。”他如此告訴他的臣民。

（國王瘋了嗎？要不然他就是一介懦夫。）

一切施國的臣民只好自力救濟，他們組織志願軍出城迎戰，在沒有國王領導的混亂狀況下，死傷慘重，大敗而歸。當敵國的壞國王唱著凱歌得意洋洋地入城之際，一切施國王循密道逃出了皇宮，遁入深山——「早欲避世修行，現在總算可以如願了。」他如此想。

（如果征服者是一個殺人不眨眼的混世大魔王，一切施國王怎能安心打坐呢？）

這時候，出現了一位有嚴重財務危機的婆羅門，他聽聞一切施國王樂善好施的美名，長途跋涉前來，想要乞求國王的錢財佈施。這會兒他又餓又累，坐在森林裡稍事休息，遇見了一位苦修行者，他不知道眼前這位苦修行者就是名滿天下的大施主。

（可憐的婆羅門，他懷抱著希望而來，若是知道了真相，將何能堪忍？）

兩人一見如故，相談甚歡，後來婆羅門告知國王此行的目的，國王乍聽又愧又恨，竟暈絕了過去；國王甦醒之後，告知婆羅門自己正是一切施國王，但是已失去原有的一切，婆羅門聽了如同晴天霹靂，頓感生命無望，這回輪到婆羅門也暈絕了過去。

（這一幕十分具有戲劇張力。）

就在這無計可施、生命停滯的死寂中，露出了一線曙光，一切施國王作出了重大的犧牲，他決定把僅有的「自己」布施給婆羅門，他綁縛自己，交由婆羅門獻給敵國的壞國王，以獲取豐厚的賞金。

（這是一招險棋，但生命需要急轉彎，往往在大破之後才能大立。）

敵國的壞國王驚見一切施國王自投羅網，大為贊嘆，一切施國王於是順勢為壞國王投以專治嗔病的法藥，壞國王受藥病除，心得自在，乃退歸本國，而婆羅門也得到了豐厚的賞金，回到他的故鄉。

（大家各就各位，圓滿收場。婆羅門才是這個故事的靈魂人物，若不是他的出現，這個故事不會轉動，所有的人都將卡死在谷底。只是可憐了那些躁急的志願軍，他們白白地犧牲了生命，我試著把志願軍的這一部份從故事裡刪去，結果完全無損於故事的完整性。嗯，這個故事帶給我兩個啟示：一是言語及行動俱不可躁急，二是但願我有菩薩的法眼。Do not worry. Everything will be OK.）

讀後記

　　乘著歌聲的翅膀，我的思緒飛到四十年前曾經任教的一所學院，位於芎林飛鳳山下的一處客家莊；前一年秋天郭老師才加入我們的教學陣營，第二年的夏天我將赴美，在我行前，這位認識不及一年的同事送給我一張手繪的小卡片，有藍色的山峰和滿天的星斗，卡片上如是寫道：“山峰出，手臂伸，想要攬住天空的星星……。”我見之驚訝：郭老師專攻中國古代史，甫從美國遊學歸來，理應是位嚴肅的史學工作者，卻有如此的創意和清逸的美感？

　　困惑縈繞著我，我一直留存著那張卡片。

　　直到四十年後返台，蒙友人轉贈郭老師於 2017 年出版的《無弦之歌》（與張淑勤合著），由此機緣我們乃重逢了。既是舊識、也是新交的郭老師，交給我即將出版的《隨想集》初稿，囑我寫一篇讀後記，我受人託囑乃不敢不忠於其事，在閱讀的過程中我恍然省悟：此書是我心靈的點燃者，我內心埋藏著與作者同一的火種，而我的卻未曾燃燒為火焰、不曾發出過光與熱！

　　《隨想集》，是鴻韻老師於 2013 年到 2022 年平日思緒之流的總集，如作者自道——此十年是其人生中最為跌宕起伏的歲月，我流觀其思緒，縱橫古、今、中、外，穿流於文、史、哲、宗教、藝術，如一場華美的盛宴，無聲而大美，其中“萬物有情”這個主調流貫在其書的每一篇章中。

　　作者往往化身為一隻園丁鳥，引領我們駐足山林、放緩腳

步，融入大自然──

"柚子花施展她的百步迷魂香，整座山谷都淪陷了。"

"櫻花匆匆的腳步才離開，木棉花和洋紫荊花就興沖沖地蜂擁而至，金黃與艷紅燃燒在春末的晴空，你在哪裡？書齋？還是暗室？"

"田裡的大芥菜，彼此斥喝著、碰撞著、推擠著，掀起一波波的驚濤駭浪。最後它們都得沉入醃缸，靜默地品嘗生命的另一種況味。"

誠然，與自然共舞，何等逍遙，但美景無常，只在當下的一瞬──

"風來了，它鞠躬，向水邀舞，它們跳起華爾滋，在風的懷抱裡，水的長裙翻飛，直到襲來了一陣狂暴的急雨。"

"霧之來，如千軍萬馬之夜襲，霧之去，如一場夢之醒覺。"

同時，我們也聆聽到生命淒美的小調樂章──

"我為這隻碩鼠所尋的安息地很美，和托爾斯泰在樹林中的墓地一樣的美，甚至比托爾斯泰的更美，因為不會有任何人來打擾牠永恆的寧靜。"

不僅仁愛動物，作者也與植物同情──

"我獨自來此，為茶樹解開纏身的藤蔓，一小時之後茶樹破顏微笑了，我卻疲累不堪，站起身來，那茶園卻是無邊無際呢！"

"四天前，一把鐮刀割下了它（芥蘭），斷了它與大地的連結，它的生命無所依歸，我留它在書房的桌案上，試著給它一些生命的動機與動力，這支芥蘭逐漸蓬勃的生長，開出了三朵小花。"

　　讀此皆令人怡然心喜，但《隨想集》也提出了一些令人省思的嚴肅議題，例如：美學的濫用、宗教的對立、政體的實驗、現代文明的荒疏與困境、科技與人類的未來……，試引一段：

　　"就是因為烏托邦是不存在的，所以烏托邦才是烏托邦。我們來到這個世界，不是為了要經驗烏托邦，而是為了要經驗心靈與身體的雙重苦難，在苦難之上，建構一個不存在的烏托邦，作為永恆的盼望。"

　　閱讀著這些嚴肅的議題，正當我陷於沈思之際，作者突又化身為園丁鳥，清唱了一首無厘頭的曲調：春秋時代吳國公子季札與東晉時代隱士陶潛，兩人相約於樹下飲酒暢談，這分明是俞伯牙與鍾子期故事的翻版，而作者卻倒錯時空，發揮了極致的想像，令人破顏而笑。

　　《隨想集》關涉著人類的文化與人類的文明，而它更貼近於人性的本真。我讀之不倦，每翻一頁，思緒如山谷清泉泊泊湧出；時值暮春時節，我遙想著鴻韻老師與諸舊識新知，人手一卷，散坐於樹林中，風吹書動，聽聞花葉飄落無聲。

　　於是，在俗世的浮沈中，我心中的火種復燃了。

歐雪貞
2023 年暮春之月

國家圖書館出版品預行編目資料

隨想集／郭鴻韻著. -- 一版. -- 臺北
市：八正文化有限公司, 2023.06
　　面；　　公分

ISBN 978-986-99608-5-4（精裝）

863.55　　　　　　　　112006388

隨想集

定價：420

作　　　者	郭鴻韻
編　　　輯	王學露 賴麗榕
版　　　次	2023 年 6 月一版一刷
發　行　人	陳昭川
出　版　社	八正文化有限公司
	108 台北市萬大路 27 號 2 樓
	TEL/ (02) 2336-1496
	FAX/ (02) 2336-1493
登　記　證	北市商一字第 09500756 號
總　經　銷	創智文化有限公司
	23674 新北市土城區忠承路 89 號 6 樓
	TEL/ (02) 2268-3489
	FAX/ (02) 2269-6560

本書如有缺頁、破損、倒裝，敬請寄回更換。